———————— 阅读之前 没有真相

午夜文库

阿加莎·克里斯蒂
马普尔小姐系列

阿加莎·克里斯蒂
Agatha Christie (1890—1976)

无可争议的侦探小说女王,侦探文学史上最伟大的作家之一。

阿加莎·克里斯蒂原名为阿加莎·玛丽·克拉丽莎·米勒,一八九〇年九月十五日生于英国德文郡托基的阿什菲尔德宅邸。她几乎没有接受过正规的教育,但酷爱阅读,尤其痴迷于歇洛克·福尔摩斯的故事。

第一次世界大战期间,阿加莎·克里斯蒂成了一名志愿者。战争结束后,她创作了自己的第一部侦探小说《斯泰尔斯庄园奇案》。几经周折,作品于一九二〇年正式出版,由此开启了克里斯蒂辉煌的创作生涯。一九二六年,《罗杰疑案》由哈珀柯林斯出版公司出版。这部作品一举奠定了阿加莎·克里斯蒂在侦探文学领域不可撼动的地位。之后,她又陆续出版了《东方快车谋杀案》《ABC谋杀案》《尼罗河上的惨案》《无人生还》《阳光下的罪恶》等脍炙人口的作品。时至今日,这些作品依然是世界侦探文学宝库里最宝贵的财富。根据她的小说改编而成的舞台剧《捕鼠器》,已经成为世界上公演场次最多的剧目;而在影视改编方面,《东方快车谋杀案》为英格丽·褒曼斩获奥斯卡大奖,《尼罗河上的惨案》更是成为几代人心目中的经典。

　　阿加莎·克里斯蒂的创作生涯持续了五十余年,总共创作了八十余部侦探小说。她的作品畅销全世界一百多个国家和地区,累计销量已经突破二十亿册。她创造的小胡子侦探波洛和老处女侦探马普尔小姐为读者津津乐道。阿加莎·克里斯蒂是柯南·道尔之后最伟大的侦探小说作家,是侦探文学黄金时代的开创者和集大成者。一九七一年,英国女王授予克里斯蒂爵士称号,以表彰其不朽的贡献。

　　一九七六年一月十二日,阿加莎·克里斯蒂逝世于英国牛津郡沃灵福德家中,被安葬于牛津郡的圣玛丽教堂墓园,享年八十五岁。

阿加莎·克里斯蒂 侦探作品年表

波洛系列

1920　The Mysterious Affair at Styles《斯泰尔斯庄园奇案》
1923　Murder on the Links《高尔夫球场命案》
1924　Poirot Investigates《首相绑架案》
1926　The Murder of Roger Ackroyd《罗杰疑案》
1927　The Big Four《四魔头》
1928　The Mystery of the Blue Train《蓝色列车之谜》
1932　Peril at End House《悬崖山庄奇案》
1933　Lord Edgware Dies《人性记录》
1934　Murder on the Orient Express《东方快车谋杀案》
1935　Three—Act Tragedy《三幕悲剧》
1935　Death in the Clouds《云中命案》
1936　The ABC Murders《ABC谋杀案》
1936　Murder in Mesopotamia《古墓之谜》
1936　Cards on the Table《底牌》
1937　Dumb Witness《沉默的证人》
1937　Death on the Nile《尼罗河上的惨案》
1937　Murder in the Mews《幽巷谋杀案》
1938　Appointment with Death《死亡约会》
1938　Hercule Poirot's Christmas《波洛圣诞探案记》
1940　Sad Cypress《H庄园的午餐》
1940　One, Two, Buckle My Shoe《牙医谋杀案》
1941　Evil Under the Sun《阳光下的罪恶》
1943　Five Little Pigs《五只小猪》
1946　The Hollow《空幻之屋》
1947　The Labours of Hercules《赫尔克里·波洛的丰功伟绩》
1948　Taken at the Flood《顺水推舟》
1952　Mrs. McGinty's Dead《清洁女工之死》
1953　After the Funeral《葬礼之后》
1955　Hickory Dickory Dock《山核桃大街谋杀案》
1956　Dead Man's Folly《弄假成真》
1959　Cat Among the Pigeons《鸽群中的猫》
1960　The Adventure of the Christmas Pudding《雪地上的女尸》

阿加莎·克里斯蒂 侦探作品年表

| 1963 | The Clocks《怪钟疑案》
| 1966 | Third Girl《第三个女郎》
| 1969 | Hallowe'en Party《万圣节前夜的谋杀》
| 1972 | Elephants Can Remember《大象的证词》
| 1974 | Poirot's Early Stories《蒙面女人》
| 1975 | Curtain—Poirot's Last Case《帷幕》

马普尔小姐系列

| 1930 | The Murder at the Vicarage《寓所谜案》
| 1932 | The Thirteen Problems《死亡草》
| 1942 | The Body in the Library《藏书室女尸之谜》
| 1943 | The Moving Finger《魔手》
| 1950 | A Murder Is Announced《谋杀启事》
| 1952 | They Do It with Mirrors《借镜杀人》
| 1953 | A Pocket Full of Rye《黑麦奇案》
| 1957 | 4.50 from Paddington《命案目睹记》
| 1962 | The Mirror Crack'd from Side to side《破镜谋杀案》
| 1964 | A Caribbean Mystery《加勒比海之谜》
| 1965 | At Bertram's Hotel《伯特伦旅馆》
| 1971 | Nemesis《复仇女神》
| 1976 | Sleeping Murder《沉睡谋杀案》
| 1979 | Miss Marple's Final Cases《马普尔小姐最后的案件》

其他系列及非系列

| 1922 | The Secret Adversary《暗藏杀机》
| 1924 | The Man in the Brown Suit《褐衣男子》
| 1925 | The Secret of Chimneys《烟囱别墅之谜》
| 1929 | Partners in Crime《犯罪团伙》
| 1929 | The Seven Dials Mystery《七面钟之谜》
| 1930 | The Mysterious Mr. Quin《神秘的奎因先生》
| 1931 | The Sittaford Mystery《斯塔福特疑案》
| 1933 | The Witness for the Prosecution《控方证人》
| 1934 | Why Didn't They Ask Evans?《悬崖上的谋杀》
| 1934 | The Listerdale Mystery《金色的机遇》

阿加莎·克里斯蒂 侦探作品年表

1934	Parker Pyne Investigates	《惊险的浪漫》
1939	Murder Is Easy	《逆我者亡》
1939	And Then There Were None	《无人生还》
1941	N or M?	《桑苏西来客》
1944	Towards Zero	《零点》
1945	Sparkling Cyanide	《闪光的氰化物》
1945	Death Comes as the End	《死亡终局》
1949	Crooked House	《怪屋》
1950	Three Blind Mice and Other Stories	《三只瞎老鼠》
1951	They Came to Baghdad	《他们来到巴格达》
1954	Destination Unknown	《地狱之旅》
1958	Ordeal by Innocence	《奉命谋杀》
1961	The Pale Horse	《灰马酒店》
1967	Endless Night	《长夜》
1968	By the Pricking of My Thumbs	《煦阳岭的疑云》
1970	Passenger to Frankfurt	《天涯过客》
1973	Postern of Fate	《命运之门》
1997	While the Light Lasts	《灯火阑珊》

出版前言

纵观世界侦探文学一百七十余年的历史,如果说有谁已经超脱了这一类型文学的类型化束缚,恐怕我们只能想起两个名字——一个是虚构的人物歇洛克·福尔摩斯,而另一个便是真实的作家阿加莎·克里斯蒂。

阿加莎·克里斯蒂以她个人独特的魅力创造了侦探文学史上无数的传奇:她的创作生涯长达五十余年,一生撰写了八十余部侦探小说;她开创了侦探小说史上最著名的"黄金时代";她让阅读从贵族走入家庭,渗透到每个人的生活中;她的作品被翻译成一百多种文字,畅销全球一百五十余个国家,作品销量与《圣经》《莎士比亚戏剧集》同列世界畅销书前三名;她的《罗杰疑案》《无人生还》《东方快车谋杀案》《尼罗河上的惨案》都是侦探小说史上的经典;她是侦探小说女王,因在侦探小说领域的独特贡献而被册封为爵士;她是侦探小说的符号和象征。她本身就是传奇。沏一杯红茶,配一张躺椅,在暖暖的阳光下读阿加莎的小说是一种生活方式,是惬意的享受,也是一种态度。

午夜文库成立之初就试图引进阿加莎的作品,但几次都与版权擦肩而过。随着午夜文库的专业化和影响力日益增强,阿加莎·克里斯蒂的版权继承人和哈珀柯林斯出版公司主动要求将版权独家授予新星出版社,并将阿加莎系列侦探小说并入午夜文库。这是对我们长期以来执着于侦探小说出版的褒奖,是对我们的信任与鼓励,更是一种压力和责任。

新版阿加莎·克里斯蒂作品由专业的侦探小说翻译家以最权威的英文版本为底本,全新翻译,并加入双语作品年表和阿加莎·克里斯蒂家族独家授权的照片、手稿等资料,力求全景展现"侦探女王"的风采与魅力。使读者不仅欣赏到作家的巧妙构思、离奇桥段和睿智语言,而且能体味到浓郁的英伦风情。

阿加莎作品的出版是一项系统工程,规模庞大,我们将努力使之臻于完美。或存在疏漏之处,欢迎方家指正。

新星出版社
午夜文库编辑部

Agatha Christie

Over the next few years, we plan to celebrate two very important Agatha Christie anniversaries. In 2015, it is the 125th anniversary of her birth in Torquay, South Devon, England, and in 2020 it will be 100 years after her first book, THE MYSTERIOUS AFFAIR AT STYLES, featuring her famous detective, Hercule Poirot, was published. This is therefore a very appropriate moment to publish a new edition of her works, and I am delighted that HarperCollins has chosen to work with New Star on these new editions. New Star is China's top crime publisher, and has a strong and dedicated editorial staff and a confirmed passion for Agatha Christie, making them the ideal partner. It is the right time to make these classic books available in modern translations and so to bring Agatha Christie's books anew to her many fans in China, giving them a new reason to re-read these much-loved stories, as well as introducing them to a whole new audience. How delighted Agatha Christie would have been that her stories (as she called them) are still giving so much pleasure to so many people all over the world!

I think there are two very remarkable things about Agatha Christie's stories. The first is that they are so adaptable. It doesn't really matter which language they appear in, the stories and the plots still give the same thrill, still provide the same puzzles, and the characters still have the same attraction. Readers in China will I am sure enjoy Hercule Poirot and Miss Marple just as much as we do in England, and readers in China will still be transfixed by the surprises and horrors of AND THEN THERE WERE NONE, one of the great classics of 20th century detective fiction, as we are here.

Agatha Christie

The second is that the stories give a wonderful picture of England, particularly rural England, at the time Agatha Christie lived. She wrote books from 1920 until 1970 but it is sometimes hard to tell which part of her life each book was written in. Her characters and the life they lived were very much the same. The life we all live is changing very quickly these days but the Agatha Christie world stays the same. Perhaps the Miss Marple stories provide the best example of this, and in some ways, THE BODY IN THE LIBRARY and NEMESIS are quite similar, despite the fact that thirty years elapsed between the time they were written.

Perhaps I might end by mentioning three Agatha Christies (other than the ones mentioned above) which I think demonstrate why she is so popular, even in the twenty-first century. The first is MURDER ON THE ORIENT EXPRESS, one of the most famous with one of the most ingenious and human plots. Read this on one of your long train journeys in China! Next is A MURDER IS ANNOUNCED, a Miss Marple which was her 50th book. It has my favourite murderer in it! And last is ENDLESS NIGHT — a story about evil and how it affects three young people, written at the time when I knew her best, and understood how deeply she cared and sympathised with young people and the world they lived in.

Whichever are your favourites I hope you enjoy these stories that New Star are introducing to you again. I think it is a great publishing event.

Mathew Prichard
Grandson of Agatha Christie
Chairman of Agatha Christie Ltd

致中国读者
(午夜文库版阿加莎·克里斯蒂作品集序)

在接下来的几年中,我们将要筹备两个非常重要的关于阿加莎·克里斯蒂的纪念日。二〇一五年是她的一百二十五岁生日——她于一八九〇年出生于英国的托基市,二〇二〇年则是她的处女作《斯泰尔斯庄园奇案》问世一百周年的日子,她笔下最著名的侦探赫尔克里·波洛就是在这本书中首次登场。因此新星出版社为中国读者们推出全新版本的克里斯蒂作品恰逢其时,而且我很高兴哈珀柯林斯选择了新星来出版这一全新版本。新星出版社是中国最好的侦探小说出版机构,拥有强大而且专业的编辑团队,并且对阿加莎·克里斯蒂的作品极有热情,这使得他们成为我们最理想的合作伙伴。如今正是一个良机,可以将这些经典作品重新翻译为更现代、更权威的版本,带给她的中国书迷,让大家有理由重温这些备受喜爱的故事,同时也可以将它们介绍给新的读者。如果阿加莎·克里斯蒂知道她的小故事们(她这样称呼自己的这些作品)仍然能给世界上这么多人带来如此巨大的阅读享受,该有多么高兴啊!

我认为阿加莎·克里斯蒂的作品有两个非常重要的特征。首先它们是非常易于理解的。无论以哪种语言呈现,故事和情节都同样惊险刺激,呈现给读者的谜团都同样精彩,而书中人物的魅力也丝毫不受影响。我完全可以肯定,中国的读者能够像我们英国人一样充分享受赫尔克里·波洛和马普尔小姐带来的乐趣,中国读者也会和我们一样,读到二十世纪最伟大的侦探经典作品——比如《无人生还》——的时候,被震惊和恐惧牢牢钉在原地。

第二个特征是这些故事给我们展开了一幅英国的精彩画卷,特别是阿加莎·克里斯蒂那个年代的英国乡村。她的作品写于二十世纪二十年代至七十年代间,不过有时候很难说清楚每一本书是在她人生中的哪一段日子里写下的。她笔下的人物,以及他们的生活,多多少少都有些相似。如今,我们的生活瞬息万变,但"阿加莎·克里斯蒂的世界"依旧永恒。也许马普尔小姐的故事提供了最好的范例:《藏书室女尸之谜》与《复仇女神》看起来颇为相似,但实际上它们的创作年代竟然相差了三十年。

最后,我想提三本书,在我心目中(除了上面提过的几本之外)这几本最能说明克里斯蒂为什么能够一直受到大家的喜爱。首先是《东方快车谋杀案》,最著名,也是最机智巧妙、最有人性的一本。当你在中国乘火车长途旅行时,不妨拿出来读读吧!第二本是《谋杀启事》,一个马普尔小姐系列的故事,也是克里斯蒂的第五十本著作。这本书里的诡计是我个人最喜欢的。最后是《长夜》,一个关于邪恶如何影响三个年轻人生活的故事。这本书的写作时间正是我最了解她的时候。我能体会到她对年轻人以及他们生活的世界关心至深。

现在新星出版社重新将这些故事奉献给了读者。无论你最爱的是哪一本,我都希望你能感受到这份快乐。我相信这是出版界的一件盛事。

阿加莎·克里斯蒂外孙

阿加莎·克里斯蒂有限责任公司董事长

马修·普理查德

二〇一三年二月二十日

阿加莎·克里斯蒂侦探作品集 ⑰

加勒比海之谜
A Caribbean Mystery

Agatha Christie®

（英）阿加莎·克里斯蒂 著
周力 译

新 星 出 版 社　NEW STAR PRESS

带着我对西印度群岛之行的美好回忆，献给我的老朋友约翰·克鲁申科·罗斯[1]

---

[1] J.C.R. 即 John Cruikshank Rose，建筑师。该次旅行的东道主。

目录

1	第一章	帕尔格雷夫少校讲了个故事
15	第二章	马普尔小姐作类比
27	第三章	酒店中的死亡
35	第四章	马普尔小姐寻求治疗
41	第五章	马普尔小姐下定决心
49	第六章	凌晨时分
57	第七章	海滩上的早晨
71	第八章	与埃丝特·沃尔特斯的闲谈
81	第九章	普雷斯科特小姐和其他人
93	第十章	在詹姆斯敦做出的决定
99	第十一章	金棕榈酒店的傍晚
111	第十二章	阴魂不散
119	第十三章	维多利亚·约翰逊退场
127	第十四章	调查
137	第十五章	调查继续
151	第十六章	马普尔小姐寻求援助
167	第十七章	拉斐尔先生接管
185	第十八章	牧师不在场
199	第十九章	一只鞋子的用途

目 录

207	第二十章　暗夜惊魂
219	第二十一章　杰克森说起化妆品
229	第二十二章　她生命中的一个男人？
239	第二十三章　最末一日
249	第二十四章　复仇女神
259	第二十五章　马普尔小姐运用想象力
269	尾声

第一章　帕尔格雷夫少校讲了个故事

"就拿所有这些关于肯尼亚的事儿来说吧。"帕尔格雷夫少校说道。

"有好多其实对那个地方一无所知的家伙却在那里高谈阔论！我可是在那儿待了十四年啊。那也是我生命中最美好的一段日子——"

马普尔小姐微微颔首。

这是一种表示礼貌的姿态。就在帕尔格雷夫少校讲述着他这一生中那些略显无趣的往事之时，马普尔小姐心平气和地继续徜徉在自己的思绪里。这对她来说都是轻车熟路。场景在变换。过去多数情况下，人们谈论的都是印度。少校，上校，中将——加上一连串耳熟能详的词：西姆拉①，搬运工，老虎，早餐和午餐，上菜的仆人等等。帕尔格雷夫少校说起的词则稍有不同。有狩猎旅行，基库尤人②，大象以及斯瓦希里语③。不过从本质上来说，模式都是一样的。一个老人需要一个听他说话的人，这样一来他就能够重温记忆中那些幸福的时光了。在那些日子里，他的腰杆是笔直的，他的目光是锐利的，他的听觉也是

---

① 印度北部喜马偕尔邦首府，著名的避暑胜地和旅游城市。
② 东非肯尼亚最大的民族之一。
③ 肯尼亚的国家语言之一，也是非洲语言当中使用人口最多的一种。

灵敏的。这些说话的人当中，有些老家伙相貌英俊，军人气十足，有些则很遗憾的毫无魅力可言；而紫色脸膛，装着一只玻璃假眼的帕尔格雷夫少校，整体看上去就像一只吃饱了的青蛙，只能被归入后一类。

马普尔小姐对他们所有人都给予同样的宽厚体恤，一视同仁。她聚精会神地坐在那里，不时温文尔雅地点点头以示赞许，心里想着自己的事情，同时欣赏着此时此地的美景：以眼下而言，就是加勒比海所呈现出的那一波碧蓝。

亲爱的雷蒙德可真是太好了——她心怀感激地想道，那么真心实意的好……他为什么要为他的老姑妈如此费心呢，她真的不明白。或许是出于良心；家庭感情？还是说他也许的确是喜欢她……

总的来说，她认为他是喜欢她的——他向来如此——用的是一种带点儿恼火和轻蔑的方式！他总是试图让她与时俱进，送书给她看，还都是些现代小说。这些书太难读了，写的全是那些令人讨厌的人，做着无比稀奇古怪的事情，而且很显然，连他们自己都不喜欢那么干。在马普尔小姐还年轻的时候，"性"这个字眼儿没人挂在嘴边；不过在她看来，那种事情比比皆是——被人谈论得不多——而要说到享受其中的乐趣，却又远非今日可比。尽管性通常都被贴上原罪的标签，她还是不由得觉得那也比如今对它的看法——把它当作一种责任要强。

有那么一会儿，她的目光游移到了摊在她膝头、翻开到第二十三页的那本书上，那是她已经读到的地方（而且事实上她也只想读到这里！）。

"你是说你连一点儿性经验都没有吗？"年轻人难以置信地问道，"明明已经十九岁了？但你必须得有啊。这一点太重要啦。"

姑娘怏怏地低下了头，油腻腻的直发向前滑过她的脸庞。

"我知道,"她小声嘟囔着,"我知道。"

他看着她,沾满污渍的紧身旧毛衣,光着的脚丫,脏兮兮的脚趾甲,身上闻起来馊乎乎的味道……他不明白自己为什么会觉得她拥有一种令人发狂的吸引力。

马普尔小姐也不明白!而且说真的!居然把性经验如此灌输给你,把它说得就像是补铁剂似的!可怜的年轻人……

"我亲爱的简姑妈,您干吗非要像一只快乐无比的鸵鸟那样把脑袋埋在沙子里面呢?完完全全沉浸在您这种田园牧歌式的乡村生活当中。现实生活,那才是至关重要的呢。"

雷蒙德就是这个样子。而他的简姑妈,看上去会有几分恰到好处的局促不安,然后说上一声"是啊",她也担心自己真的是有点儿太老派了。

不过,真正的乡村生活远不是什么田园牧歌。像雷蒙德这样的人实在是太无知了。在乡村教区承担职责的那段时间里,简·马普尔对于乡村生活是个什么样子有了非常全面详尽的了解。她并没有想要谈论那些事情的冲动,更无意于把它们写下来——但她就是了解。跟性有关的事情多得是,既有自然而然的,也有不合常理的。强奸,乱伦,还有各种各样的性变态一应俱全。(事实上,有些情形就连牛津那些写过书的年轻才俊似乎都没听说过呢。)

马普尔小姐把思绪又拉回到加勒比海来,她接过了帕尔格雷夫少校的话头……

"真是非同寻常的经历啊,"她令人鼓舞地说道,"有趣极了。"

"我还能给你讲好多呢。当然了,其中有些事情可是女士不宜哦——"

马普尔小姐驾轻就熟地垂下了眼帘，显得有些心慌意乱，于是帕尔格雷夫少校继续讲述着他那些经过删改的部落习俗逸闻，而与此同时，马普尔小姐又开始想起她情深义重的侄子来了。

雷蒙德·韦斯特是个十分成功的小说家，收入颇丰，而且还温和体贴、尽心尽责、竭其所能地去缓解他那年迈的姑妈的生活重负。在之前的冬天里她染上了严重的肺炎，医生的意见是让她多晒晒太阳。于是雷蒙德以一种霸道的方式建议她来一趟西印度群岛之旅。马普尔小姐对此提出了异议——理由是花费不菲，路程遥远，旅途艰辛以及不得不抛下她在圣玛丽米德的房子不管。而雷蒙德已经把所有的事情都安排妥当了。他一个正在写书的朋友想在乡下找一处僻静的地方。"他会好好照看您的房子的。他特别爱收拾屋子。他是只兔子①。我是说——"

他略显尴尬地停了下来——不过很显然，就算是上了年纪的亲爱的简姑妈也一准儿听说过什么是兔子。

他接着谈起下面的问题。现如今旅行已经不是什么大不了的事儿了。她可以坐飞机去——另一个叫黛安娜·霍罗克斯的朋友正好要去特立尼达岛，这一路她都会确保简姑妈平安无事，而在圣奥诺雷她可以入住桑德森夫妇经营的金棕榈酒店。他们是天底下最好心不过的两口子了。他们也会把她照料得无微不至。他会马上给他们写信。

结果不巧，桑德森一家已经回了英国。不过接替他们的肯德尔夫妇也特别友好，他们向雷蒙德保证说他不用对他的姑妈有丝毫担心。岛上有一位非常优秀的医生，以防遇到什么紧急情况，而他们自己也会留意照看她，务必让她过得舒舒服服。

---

① 此处意指男同性恋者。

他们也的的确确说到做到。莫利·肯德尔是个二十多岁、率直朴实的金发姑娘，似乎总是一副兴高采烈的样子。她热情地接待了老太太，尽一切可能给她宾至如归的感觉。而她的丈夫蒂姆·肯德尔三十多岁，身形清瘦，肤色黝黑，也是个和蔼可亲的人。

就这样，马普尔小姐想，她来到了这里，远离了英国严酷的气候，住进了她自己的漂亮小屋，有脸上挂着友好微笑的西印度群岛姑娘们服侍，蒂姆·肯德尔会在餐厅迎候她，并且在向她推荐当日菜品的同时给她讲个笑话，而从她的小屋到海边的海水浴场有一条捷径，她可以坐在舒适的柳条椅上，看着人们游泳沐浴。这里甚至还有几个上了年纪的客人可以做伴，比如拉斐尔老先生、格雷姆医生、普雷斯科特教士和他的妹妹，以及此时陪在她身边的帕尔格雷夫少校。

一个老太太还会想要更多吗？

不过令人深感遗憾的是，马普尔小姐并不像她理应的那样感到心满意足，就连她自己心里承认这一点的时候都觉得有些不好意思。

是的，这里温暖宜人，对她的风湿病来说再好不过了，而且风景秀丽，不过或许还是……有那么一点点单调？到处都是棕榈树。每天每样东西都是一成不变的——什么新鲜事儿都没有。这就不像在圣玛丽米德，总有些事情在发生。她侄子曾经把圣玛丽米德的生活比作池塘表面的浮渣，而她则愤愤不平地指出，从放在显微镜下的涂片上你也能观察到各种各样的生命。没错，的确如此，在圣玛丽米德，总有故事在上演。事情一件接着一件在马普尔小姐的脑海中闪现：林内特老太太的止咳药水里出的差错；那个年轻的波尔盖特极其古怪的行为；乔治·伍德的妈妈南下来看他的时机；（但那真是他妈妈吗？——）乔·雅顿和他妻子之间吵架的真正原因。有那么多有趣的人与人之间的问题，可以让你在思索猜测之中度过无穷无尽的快乐时光。要是这里也能有些事情，呃，让她全神贯注就好了。

猛然间，她意识到帕尔格雷夫少校谈论的话题已经从肯尼亚变成了西北边境①，而且还说起了他作为中尉的经历。不幸的是，此刻他正特别认真地问她："怎么，你不同意吗？"

多年的历练让马普尔小姐成了处理这种局面的个中高手。

"我真的觉得在这方面我没有足够的经验去做出判断。恐怕我过得是一种备受呵护的生活。"

"理应如此，亲爱的女士，理应如此啊。"帕尔格雷夫少校献殷勤般大声说道。

"你的生活可真是丰富多彩啊。"马普尔小姐继续说道，她决心要为刚才那段令人愉快的心不在焉做些补偿。

"还不赖，"帕尔格雷夫少校志得意满地说道，"相当不赖呢。"他心怀激赏地环顾一下四周，"真招人喜欢，这地方。"

"是啊，可不是嘛。"马普尔小姐回应道，随后又忍不住继续说道："我想知道，这个地方曾经发生过什么事情没有啊？"

帕尔格雷夫少校瞪大了眼睛。

"噢，当然了。丑事儿多得是——嗯，怎么样？哎，我可以告诉你——"

不过马普尔小姐真正想听的可不是什么丑事儿。如今的这些丑闻让人没什么想要去关注的。也就是些男男女女换换配偶的事儿，而且他们还不知道以此为耻，试图体面地去把事情遮掩起来避免张扬，结果反倒做得唯恐世人不知。

"几年前这里还出过一桩谋杀案呢。那男的叫哈里·韦斯顿。在报

---

① 此处指原巴基斯坦西北边境省，与阿富汗接壤，历史上英国曾占领此地。

纸上轰动一时。我敢说你肯定记得。"

马普尔小姐意兴阑珊地点了点头。这不是她所感兴趣的那类谋杀。这案子轰动一时主要是因为里面牵涉到的每个人都很有钱。看起来应该是哈里·韦斯顿开枪打死了他妻子的情夫德法拉利伯爵,而他无懈可击的不在场证明很可能也是花钱买来的。每个人似乎都喝得醉醺醺的,另有一些散布的流言说这事儿还跟吸毒的人有关。马普尔小姐心想,这些都不是真正有意思的人,尽管他们毫无疑问都非常与众不同并且引人注目,不过显然并不合她的口味。

"而且要我来说的话,那还不是那段时间里唯一的一桩谋杀呢。"他点了点头,还眨了眨眼,"我就怀疑——噢!——唔——"

马普尔小姐的毛线团滚落到地上,少校弯下腰去替她捡了起来。

"说到谋杀的话,"他接着说道,"有一次我偶然碰到一桩特别奇怪的案子——确切地说也不算是我自己碰到的。"

马普尔小姐微笑着以示鼓励。

"有一天一大群人在俱乐部里聊天,其中有个家伙就开始讲故事。他是个医生。那是他自己碰上的一件事。一个年轻人半夜三更把他叫醒,说他妻子上吊了。他们没有电话,于是那家伙就割断绳子把她放下来,做了一切他力所能及的事,然后就匆匆忙忙开上车出来找医生了。好吧,她虽说没死但也奄奄一息了。不过尽管如此,她还是挺过来了。年轻人看上去对她一往情深,哭得就像个孩子似的。他注意到她有点儿古怪已经有一阵子了,她动不动就会情绪低落抑郁什么的。嗯,就是这么回事儿。一切看起来都没问题了。但实际上,就在一个月之后,那个妻子吞下了过量的安眠药,一睡不起。挺惨的吧。"

帕尔格雷夫少校停了下来,点了几下头。很显然故事还没完,于是马普尔小姐就这样等着。

"你可能会说,不过如此嘛,没什么。神经质的女人,也没有什么新鲜的啊。不过一年之后,这个医生跟同事闲聊,互相讲些奇闻轶事,那家伙给他讲了件事,说有个女人想要投水自尽,丈夫把她捞了上来,还找了个医生,救了她一命。接着没过几个星期,她又开煤气自杀了。

"嗯,有点儿巧合是吧?同样类型的故事。我认识的这个家伙说:'我有个案例跟这个挺像的。是个姓琼斯的(管他姓什么呢)——你那个男的姓什么?''记不得了。我想是罗宾逊吧。肯定不是琼斯。'

"嗯,这两个家伙看着对方,都说这事儿真是挺奇怪的。接着我认识的家伙掏出一张快照给另一个家伙看。'这就是那个人,'他说——'第二天我去检查一下病人的具体情况,就在前门旁边我留意到一种惊艳至极的木槿花,以前我从来没在国内见过这个品种。我的相机就在车上,于是我拍了张照片。按下快门的时候,那个丈夫刚好从前门出来,于是我把他也照了进去。我觉得他并没有意识到。我问他关于那种木槿花的事儿,不过他也说不上来它的名字。'第二个医生看了看那张快照。他说:'对焦有点儿不太清楚——不过我敢发誓,不管怎么说我几乎可以确定,是同一个人。'

"我不知道他们对这件事有没有继续追查下去。不过就算追下去了,也不会有什么结果。估计琼斯或者罗宾逊先生早把自己的所作所为掩饰得很好了。不过真是个怪异的故事,对不对?谁都想不到会有这样的事情发生。"

"哦,会啊,我就能想到,"马普尔小姐平静地说,"实际上每天都在发生。"

"噢,别逗了,别逗了。这可有点儿太悬乎了。"

"如果一个人找到一种行之有效的方法,他是不会停手的,会一直继续下去。"

"浴缸里的新娘①——是吗?"

"就是那类事情,没错。"

"出于好奇,我让医生把那张快照给了我——"

帕尔格雷夫少校开始在他那鼓鼓囊囊的钱包里笨手笨脚地翻找,同时自言自语道:"这里东西太多了——真搞不懂我为什么要留着所有这些玩意儿……"

马普尔小姐觉得她知道。这些是少校诸多存货当中的一部分。它们可以用来作为他那一肚子故事的解释说明。他刚刚讲过的那个,或者说她怀疑,并非是其本来面目。它已经在一遍又一遍的讲述过程中被添枝加叶多次了。

少校还在翻来找去,口中念念有词:"那件事已经忘得一干二净了。她是个漂亮的女人,你怎么也不会怀疑到——在哪儿呢——啊——这让我回想起来了——看看这些象牙!我必须得让你瞅瞅——"

他停了下来,挑出一张不大的照片,低下头盯着它看。

"想看看杀人凶手的照片吗?"

就在正要把照片递给她的时候,他突然之间僵住了。此时的帕尔格雷夫少校看上去比以往更像一只吃饱了的青蛙,他的眼神似乎越过了她的右肩膀,直勾勾地盯着那个方向——从那边传来了一阵脚步声和说话声,越来越近。

"呃,我真他妈的——我是说——"他把所有东西都塞回钱包,然后又把钱包塞进了他的衣服口袋里。

---

① 此处指的是英国重婚者乔治·约瑟夫·史密斯所犯下的系列杀人罪行,为获取钱财,他在一九一二年至一九一四年间先后用同样方法将三名与其新婚的妇女溺毙于浴缸之中,最终于一九一五年被捕后被判处绞刑。

他的脸色比刚才显得愈发紫里透红,他以一种做作的腔调高声说道:

"正如我所说的,我想让你看看象牙,那是我所射杀的最大的大象——啊,哈罗!"他的声音里多多少少透着一种虚情假意。

"瞧瞧谁来啦!杰出四人组——植物动物应有尽有啊——今天你们交到什么好运啦——啊?"

伴随着脚步声而来的是四个马普尔小姐已经见过的酒店客人。他们是两对夫妇,不过马普尔小姐到现在为止还不知道他们姓什么,她知道大家管那个长着一头挺拔浓密的灰白色头发的大块头叫"格瑞格"[1],而他的妻子,那个金发女郎叫勒基[2];而另一对夫妇,一个又黑又瘦的男子和一个相貌端庄却又有些饱经风霜的女人,是爱德华和伊夫林。就她所知,他们是植物学家,同时对鸟类也很感兴趣。

"什么运气都没有,"格瑞格说,"至少我们想找的都没找着。"

"不知道你们认不认识马普尔小姐?这是希灵登上校、希灵登太太,还有格瑞格和勒基·戴森夫妇。"

他们客气地向她问了好,而勒基大声说着如果她再不马上喝口水的话就要渴死了。

格瑞格招呼坐在不远处,正和他妻子一起查阅账本的蒂姆·肯德尔。

"嘿,蒂姆。给我们拿点儿喝的来吧。"他向其他人提议道,"丰收鸡尾酒怎么样?"

他们都表示同意。

---

[1]格雷戈里的昵称。
[2]英文原文为Lucky,意为幸运。

"您也来杯一样的吗,马普尔小姐?"

马普尔小姐道了声谢,说她还是更喜欢鲜青柠汁。

"那就来杯鲜青柠,"蒂姆·肯德尔说,"再加五杯丰收。"

"跟我们一起吗,蒂姆?"

"我倒想呢。不过我得把这些账对了。我不能把所有事情都留给莫利一个人干。对了,顺便说一句,今天晚上有钢鼓乐队①演出啊。"

"好啊。"勒基叫道,"真该死,"她的脸一阵抽搐,"我浑身扎满了刺。哎哟!爱德华故意把我撞到荆棘丛里去了。"

"多好看的小粉花儿啊。"希灵登说。

"还有可爱的大长刺儿。你是虐待狂,对不对,爱德华?"

"这可不像我,"格瑞格咧嘴笑着说道,"我天性善良,满满的都是人情味儿。"

伊夫林·希灵登在马普尔小姐身旁坐了下来,开始轻松愉快地跟她攀谈起来。

马普尔小姐把手头的毛活儿放在膝盖上。她缓缓地向右扭过头去,想看看她的身后,因为脖子的风湿病,这个动作做起来有些困难。在不远处,是有钱的拉斐尔先生所住的那栋挺大的屋子。不过那里看起来并没有人。

她很得体地跟伊夫林搭着话(说实话,大家对她真的是太好了!),不过眼睛却若有所思地审视着那两位男士的脸。

爱德华·希灵登看上去是个好人,沉静却又很有吸引力……而格瑞格呢——大块头,有些喧闹,显出一副很高兴的样子。他和勒基应

---

① 起源于特立尼达和多巴哥,流行于中美洲加勒比海和南美洲部分地区的乐队形式,最早使用由汽油桶加工而成的钢鼓作为敲击乐器。

该是加拿大人或者是美国人,她想。

她看了看帕尔格雷夫少校,他依然在扮演着一个略显夸张的敦厚长者。

有意思……

第二章　马普尔小姐作类比

1

那天晚上，金棕榈酒店里一片欢声笑语。

马普尔小姐坐在角落里自己那张小桌旁，饶有兴致地环顾着四周。餐厅是个大房间，三面开放，迎接着西印度群岛柔润温煦的芬芳空气。所有小桌灯全都散发出柔和的光芒。女人们大多数身着晚礼服：轻质的印花布下显露出晒成古铜色的肩膀和胳膊。马普尔小姐自己曾经接受了"一张小小的支票"，那是她的侄媳妇琼以所能采取的最最温和的方式劝她收下的。

"因为那儿会很热的，简姑妈，而我觉得您可能没有什么特别薄的衣服。"

简·马普尔谢过她，接受了那张支票。在她所经历过的那个年代，老人支持并且资助年轻人是很正常的事，而中年人照顾老年人也是天经地义的。只是不管怎么样，她都没办法勉强自己去买任何一件非常薄的衣服！到了这把年纪，哪怕是在最炎热的天气之下，她除了觉得温暖宜人之外也很少再会有其他感觉，更何况圣奥诺雷的气温也真的达不到人们所说的那种"热带的酷热"。今晚,她身上穿的衣服就最好地体现了英国淑女的传统——带着灰色的蕾丝花边。

倒不是说她是今晚到场的唯一一个上了岁数的人。房间里各种年龄的人都有。有一把年纪携着年轻的第三或者第四任老婆的大亨。有从英国北部来的中年夫妇。有来自加拉加斯①带着孩子的快乐的一家人。南美洲不同国家的人共聚一堂,全都在用西班牙语或葡萄牙语大声地聊着天。与之相衬的则是几个英国人,包括两个牧师,一名医生以及一名退休的法官。这里甚至还能见到一家子中国人。在餐厅里服务的主要是女性,都是些身材高挑,衣服洁白笔挺,带着几分自豪的黑人女孩;不过领班的是个经验老到的意大利人,此外还有个法国侍酒师,蒂姆·肯德尔那双周到的眼睛关照着周围的一切,还到处在客人的桌边停下脚步,说上几句客套话。他的妻子作为帮手来说精明强干。她长得很漂亮。一头天然的金发,一张大嘴嘴唇丰满,多半时候都带着笑容。莫利·肯德尔极少发脾气。她手下的员工为她工作时都会满腔热忱,她也会仔细地针对不同客人采取不同的方式。对于年长的男士她会调笑一番;而面对年轻些的女人时她就会对她们的衣着大加赞美。

"噢,您今晚穿的这件礼服可真是太漂亮了,戴森太太。我嫉妒得都想把它从您身上拽下来啦。"不过她自己的一身打扮其实也非常好看,或者说马普尔小姐就是这么想的:一件白色紧身衣,肩膀上披着一条浅绿色绣花丝质披肩。勒基抚摸着那条披肩。"颜色多好看啊!我也想要这么一条。""你在这儿的商店里就能买到。"她回答之后就继续向前走去。在马普尔小姐的桌旁她未做停留。年长的女士她通常

---

① 委内瑞拉首都。

都留给她的丈夫。"可爱的老太太们更喜欢男人来。"她总是这么说。

蒂姆·肯德尔走到马普尔小姐身边，俯下身来。

"您不想来点儿什么特别的吗？"他问道，"您只要告诉我，我就能吩咐他们专门给您做。酒店的饭菜是亚热带风味的，我猜是不是和您在家常吃的口味不太一样啊？"

马普尔小姐微笑着说那正是出国旅行的一大乐趣。

"那就好，那就好。不过要是有什么需要——"

"比如说？"

"呃——"蒂姆·肯德尔看上去有点儿犹豫，"面包黄油布丁？"他试探着问道。

马普尔小姐笑眯眯地说，她觉得此时此刻没有面包黄油布丁她也能吃得很好。

她拿起勺子，兴致勃勃地品味起她所酷爱的水果圣代来。

随后钢鼓乐队开始演奏。钢鼓是这些岛屿上最具吸引力的特产之一。不过说实话，就算没有它们马普尔小姐也会过得非常好。她总觉得它们发出的动静大得毫无必要，简直就是可怕的噪声。然而，其他所有人从中得到的快乐也是不可否认的，于是马普尔小姐凭借她年轻时的那股子劲头，决定既然它们本来就是这个样子，她也必须想方设法学着去喜欢它们。她总不能要求蒂姆·肯德尔从哪儿把"蓝色多瑙河"那安静的旋律搬出来啊。（多么优雅——那华尔兹的舞步。）现如今，人们跳舞的方式都变得无比怪异。在那里手舞足蹈的，看上去相当别扭。噢，好吧，年轻人肯定是乐在其中——她的思维突然停住了。因为这时她才想到，这些人当中没有几个是年轻人啊。舞蹈，灯光，乐队（即便是一支钢鼓乐队），毫无疑问这些都是给年轻人准备的。但是年轻人又在哪儿呢？在大学里念书吧，她想，要么就是在工作——

每年有两个星期的假期。像这样的地方太远,也太贵了。这种快乐而无忧无虑的生活统统成全了这些三四十岁的人们——以及那些试图想要满足(或者辜负)他们年轻太太期望的老家伙们。从某种角度来说,这似乎是件憾事。

马普尔小姐为年轻人叹了口气。当然了,这里还有肯德尔太太。她应该不会超过二十二三岁,而且看上去还挺开心的——不过尽管如此,她正在做的也是一份工作啊。

在邻桌子旁边就座的是普雷斯科特教士和他妹妹。他们示意马普尔小姐过去喝杯咖啡,她便坐了过去。普雷斯科特小姐是个瘦瘦的、一脸严肃的女人,教士则是个圆滚滚、肤色红润的男子,透着一股亲切劲儿。

咖啡端来了,椅子也都被往后撤了撤。普雷斯科特小姐打开了缝纫包,拿出来几个她正在缝边的杯垫,平心而论,它们真是丑陋得惨不忍睹。她告诉了马普尔小姐他们这一天的活动。上午他们去参观了一所新的女子学校。下午休息过后,他们步行穿过一片甘蔗园,到几个朋友下榻的小旅店去喝了下午茶。

由于普雷斯科特兄妹在金棕榈酒店待的时间比马普尔小姐要长,所以他们能够给她讲一些关于其他那些客人的事情。

拉斐尔先生,那个一把年纪的男人。他每年都来这里。简直富可敌国!他在英国北部拥有一家庞大的连锁超市。跟他在一起的那个年轻女子是他的秘书,叫埃丝特·沃尔特斯——是个寡妇。(当然啦,那挺正常。没有什么不妥的。毕竟他是个已经奔八十岁的人了!)

马普尔小姐理解地点点头,接受了这种关系的合理性,教士随即评论道:

"一个非常好的年轻女人;据我所知,她母亲也是个寡妇,住在奇切斯特[①]。"

"拉斐尔先生还有个贴身男仆跟着他。或者确切地说是某种护工吧——我想，他是个够格的按摩师。他名叫杰克森。可怜的拉斐尔先生实际上已经陷于瘫痪了。真惨——还有那么多钱呢。"

"是个慷慨大方又乐善好施的慈善家。"普雷斯科特教士赞许地说道。

人们开始转弯抹角地重新结伴，有些人远远地躲开了钢鼓乐队，而另一些人拥上前去。帕尔格雷夫少校则加入了希灵登——戴森那个四人组。

"那些人啊——"普雷斯科特小姐毫无必要地低声说道，其实钢鼓乐队很容易就把她的声音盖过去了。

"是啊，我正打算要问问你他们的事儿呢。"

"他们去年也来这儿了。他们每年都要花三个月的时间到西印度群岛来，在不同的岛上到处转转。那个又高又瘦的男人是希灵登上校，而那个肤色比较黑的女人是他太太——他们是植物学家。另外两个人，格雷戈里·戴森夫妇——他们是美国人。我想，戴森先生平时写些关于蝴蝶方面的书。而他们几个人全都对鸟类感兴趣。"

"人们要是能有些户外的业余爱好还真不错。"普雷斯科特教士和蔼可亲地说道。

"我觉得他们不会喜欢听到你管那个叫业余爱好的，杰里米，"妹妹说道，"他们在《国家地理》和《皇家园艺杂志》上都发表过文章呢。他们对此可都是很严肃认真的。"

一阵大笑突然从他们正在注视的那张桌子上爆发出来。那笑声大

[①] 英格兰南部西萨塞克斯郡首府。

得足以压过钢鼓乐队的声音。格雷戈里·戴森正仰靠在椅子上猛敲着桌子，他的妻子在抗议，而帕尔格雷夫少校则把杯子里的酒一饮而尽，似乎是在表达着赞许之情。

此时此刻，他们怎么看都够不上是对自己很严肃认真的人。

"帕尔格雷夫少校不该喝那么多，"普雷斯科特小姐有几分尖刻地说道，"他有高血压。"

又一轮新上的丰收鸡尾酒被端到了那一桌。

"能把人分清楚就很好了，"马普尔小姐说，"今天下午刚见到他们的时候，我都没法确定谁跟谁是一对儿。"

在稍微停顿了一下之后，普雷斯科特小姐轻轻地干咳了一声，随后说道："呃，说起这个嘛——"

"琼，"教士以警告的口吻说道，"或许还是少说为妙。"

"说真的，杰里米，我刚才真没打算说什么。只不过在去年，也不知道因为什么，我是真的不知道为什么啊，我们就是以为戴森太太是希灵登太太呢，直到有人告诉我们不是这么回事。"

"人是怎么留下印象的还真是奇怪啊，对不对？"马普尔小姐做天真状地说道。有那么一刻她和普雷斯科特小姐眼神相接，一种女人间的心领神会油然而生。

要是普雷斯科特教士再敏感一些的话，他可能就会觉得自己有点儿多余了。

两个女人又相互使了个眼色。那分明就是在说："咱们改天……"

"戴森先生管他太太叫'勒基'。那是她的真名还是昵称啊？"马普尔小姐问道。

"要我看，那不大可能是她的真名。"

"我碰巧问过他，"教士说道，"他说管她叫勒基是因为她就像是他的幸运符。他还说要是失去了她,他也就失去了好运气。我觉得这话说得太好了。"

"他特别喜欢开玩笑。"普雷斯科特小姐说。

教士疑惑地看着他妹妹。

钢鼓乐队狂暴地演奏出一阵刺耳的声音,一群跳舞的人竞相奔向了舞池。

马普尔小姐和其他人都把椅子转了过去以便观看。相比于音乐而言,马普尔小姐更喜欢欣赏舞蹈;她喜欢看到拖曳的舞步以及身体和着旋律的摇摆。她认为那看上去非常真实,拥有一种明抑暗扬的力量。

今夜,在这个新环境里,她第一次稍稍体会到了一些在家的感觉……到现在为止,她还没能找到她所遇见的人与她自己所熟知的形形色色的人之间的相似之处,尽管在通常情况下这对她来说都易如反掌。或许是那些艳丽的衣装和光怪陆离的色彩让她眼花缭乱了吧;不过,她觉得用不了多久她就能够做出一些有趣的类比了。

比如说,莫利·肯德尔就像是那个在贝辛市场公交车上卖票的好姑娘,只是她记不住她的名字了。那姑娘会扶你上车,而且从来不会在她确定你已经安全落座之前就按铃让车启动。蒂姆·肯德尔则有点儿像麦彻斯特的皇家乔治餐厅里的侍者领班。充满自信,但同时又有些忧心忡忡。(她记得,他曾经得过溃疡病。)至于帕尔格雷夫少校嘛,他跟勒罗伊将军、弗莱明上尉、维克罗海军上将以及理查森中校那些人也没什么区别。她接着想到了更有意思的某些人。比方说格瑞格?格瑞格很难去做类比,因为他是个美国人。或许他有点儿像乔治·特罗洛普士爵,在民防会议上总是有一肚子笑话——再或许就像是肉店老板默多克先生。默多克先生的名声不怎么样,不过有些人说那只不过是街谈巷议的流言,而默多克先生本人又喜欢去助长这些流言!

再看看"勒基"？嗯，那就简单了——三冠酒店的玛琳。伊夫林·希灵登？她没法给伊夫林准确地找到一个相对应的人。从外表上来看，她跟很多人都挺像——又高又瘦，饱经风霜的英国女人有的是。彼得·乌尔夫的原配，那个自杀了的卡洛琳·乌尔夫夫人？要么就是莱斯利·詹姆斯——那个不露声色的文静女人，她甚至在没有告诉任何人她要离开的情况下就已经卖掉房子走人了。希灵登上校呢？一时还看不出来。她必须得先对他有点儿了解。他是那种又安静又彬彬有礼的男人之一。你永远都不知道他们心里在想什么。有时候他们会让你大吃一惊。她想起来哈珀少校有一天就悄无声息地把自己的喉咙割断了。没人知道究竟因为什么。马普尔小姐倒是觉得她清楚——只不过她始终都不是特别确定……

她的眼神游移到了拉斐尔先生那一桌。关于拉斐尔先生，大家所知道的主要也就是他富有得令人难以置信，每年都到西印度群岛来，他处于半瘫痪的状态之中，看上去就像是一只长满了皱纹的老猛禽。他形容枯槁，衣服松松垮垮地挂在身上。很可能有七八十岁，甚至没准儿已经九十岁了。他目光锐利，经常表现得很粗暴无礼，不过人们很少会为此生气，一部分原因是他太有钱了，还有一部分是因为他的那种盛气凌人会让你恍惚间觉得不管怎么着，只要拉斐尔先生愿意，他就有权如此。

跟他坐在一起的是他的秘书沃尔特斯太太。她有一头玉米色的头发和一张讨人喜欢的脸。拉斐尔先生常常对她特别粗暴，不过她看上去就像是从来都未曾留意过似的——与其说是她俯首帖耳，还不如说她是健忘。她的举手投足就像是医院里训练有素的护士。马普尔小姐心想，她保不准以前真当过护士呢。

一名身材高大、相貌英俊、穿着白色上衣的年轻男子走过来站在拉斐尔先生椅子旁边。老人仰起脸看了看他，点点头，然后找了把椅子示意他坐下。年轻人按照吩咐坐了下来。"我猜这是杰克森先生，"马普尔小姐自言自语道，"他的贴身男仆。"

她带着几分关注研究起杰克森先生来。

2

在酒吧里，莫利·肯德尔伸了个懒腰，脱掉了高跟鞋。蒂姆从露台上进来和她待在一起。此时此刻，酒吧只属于他们两个人。

"累了吧，亲爱的？"他问道。

"只有一点儿。今晚我似乎觉得对工作有把握了。"

"没太累着你吗？所有这些事儿？我知道这是份苦差事。"他忧虑地看着她。

她笑出声来："噢，蒂姆，别犯傻了。我爱这里。这儿实在是太好了。我一直以来的梦想终于成真了。"

"是啊，这儿的一切都很好——假如你只是一位客人的话。不过要是实际经营起来，那可就是份苦差事了。"

"嗯，你总不可能不劳而获吧，对吗？"莫利·肯德尔通情达理地说道。

蒂姆·肯德尔皱了皱眉。

"你觉得一切都一帆风顺吗？生意兴隆了？我们大功告成了？"

"当然啦。"

"你不觉得人们在说，'这跟桑德森夫妇在这儿的时候可不一样啊'。"

"当然会有人这么说——他们一贯如此！不过那只是些老顽固。我确信咱们比他们干得好多了。咱们更有魅力。你让老太太们对你神魂颠倒，弄得就像是你要对那些四五十岁如饥似渴的女人们求爱似的，而我跟那些老先生抛抛媚眼，让他们觉得自己春心萌动——要么就对那些多愁善感的人投其所好，扮成他们的甜心乖乖女。噢，我们已经把所有事情都打理得漂漂亮亮的了。"

蒂姆的眉头舒展开来。

"只要你这么想就好。我有些害怕。我们为了干好这件事也算是孤注一掷了。我辞掉了工作——"

"这么做无比正确，"莫利立即插嘴说道，"之前那就是一种对灵魂的摧残。"

他笑了，吻了吻她的鼻尖。

"我告诉你我们已经把一切都打理好了，"她又重复了一遍，"你干吗还总是忧心忡忡的呢？"

"也许我生来就是这样吧。我总是在琢磨，总觉得有什么事可能会出问题。"

"什么事儿会——"

"哦，我也不知道。比如有人可能会溺水。"

"他们可不会。这里是所有海滩当中最安全的。况且我们还有那个瑞典大块头一直帮我们盯着呢。"

"我真是个傻瓜。"蒂姆·肯德尔说。他迟疑了一下，随即说道："你……不再做那些梦了，是吗？"

"那些都是小菜一碟。"莫利说着笑了起来。

第三章　酒店中的死亡

与往常一样，马普尔小姐让人把早餐送到了床上。有茶，一个煮鸡蛋以及一片番木瓜。

马普尔小姐想，岛上的水果真是让人失望。似乎总是番木瓜。假如她眼下能吃上一个好吃的苹果的话——不过看起来没人知道苹果是什么。

既然来这里已经有一个星期了，马普尔小姐也就克制住了自己去询问天气如何的冲动。天气总是千篇一律——大晴天。连点儿有意思的变数都没有。

"英国一天中的天气是多么壮丽多彩啊。"她自言自语地嘟囔道，心想也不知这句话是别人说过的，还是她自己编出来的。

当然，就她所知，这里会有飓风。不过飓风并不包含在马普尔小姐所说的"天气"一词当中。它们从本质上来说更像是一种天灾。飓风来临的时候会下雨，短时间内的暴雨也就持续五分钟，然后便戛然而止。所有的东西和所有人都会被淋个透，但再过五分钟他们就又都干了。

肤色黝黑的西印度群岛姑娘一边把托盘放在马普尔小姐膝头，一边微笑着说了声早上好。那一口洁白的牙齿可真好看，还有那笑容让人看了也非常愉快。所有这些姑娘们天性都如此善良，而可惜的是她们都那么不愿意结婚。这件事让普雷斯科特教士忧心不已。有很多洗礼仪式都要找他，他试图自我安慰地说道，不过就是没有婚礼。

马普尔小姐一边吃着早餐，一边在想要怎么打发这一天的时间。其实也真的不需要做太多决定。她可以想起床的时候再起床，慢慢行动，因为天气很热，而且她的手指头也不像以前那样灵巧了。然后她可以再休息十分钟左右，接着拿上她的毛线活儿，慢慢地朝着酒店那边走，边走边想她打算坐在哪里。是坐在露台上远眺一下海景？还是说去趟海水浴场看看洗海澡的人以及孩子们？通常她都会选择后者。下午休息过后，她会坐着车出去转转。其实也真的无大所谓。

今天跟哪天都一样，她对自己说道。

当然了，只是今天的确有所不同。

马普尔小姐按照她的计划行事，沿着小路缓步朝酒店的方向走去，在路上她遇见了莫利·肯德尔。这一次这个性情开朗的年轻女人脸上没有了笑容。那副苦恼的样子一点都不像她，以至于马普尔小姐立刻说道：

"亲爱的，出什么事儿了？"

莫利点了点头。她犹豫了一下随后说道："呃，您反正也得知道——大家都会知道的。是帕尔格雷夫少校出事了。他死了。"

"死了？"

"对，夜里死的。"

"哦，天哪，我真的很难过。"

"是啊，有人死在这儿真是太可怕了。这让每个人心情都不好。当然——他也确实太老了。"

"他昨天看上去还精力充沛呢。"马普尔小姐说,同时对于这种认为每个上了年纪的人都有可能随时死掉的不动声色的臆断表现出了一丝不满。

"他看起来相当健康啊。"她又补上一句。

"他有高血压。"莫利说。

"可是很显然,如今的人们都有药可吃啊——某种药丸什么的。科学还真是让人叹为观止呢。"

"噢,是啊,不过也许他忘记吃药,或者吃得太多了呢。你也知道,就像胰岛素那样。"

马普尔小姐心里觉得糖尿病和高血压根本就不是一码事。她问道:"医生怎么说的?"

"哦,格雷姆医生实际上现在已经退休了,他住在酒店里,查看了一下,当然,地方上的人也正式过来开具了死亡证明,只是所有这些看起来都太直来直去了。有高血压的人就是很容易发生这种事儿,尤其是又喝了很多酒的话,而帕尔格雷夫少校在这方面其实就很不听话。比如说昨晚。"

"是啊,我注意到了。"马普尔小姐说。

"他很可能忘了吃药。对这位老兄来说也算是倒霉——不过反正谁也不可能长生不死,对吧?只是这件事着实令人担忧啊,我是说对于我和蒂姆来说。人们也许会暗示说是食物里有什么问题呢。"

"可是毫无疑问,食物中毒的症状和高血压不是截然不同的吗?"

"说的是。只不过人们很容易会往这儿想。而假如人们认定这里的食物不好,离开这儿了,或者告诉了他们的朋友——"

"我真觉得你没必要担心,"马普尔小姐和蔼地说道,"正如你所说,像帕尔格雷夫少校这样上了年纪的人——他肯定得有七十多岁了吧——是很容易说死就死的。在大多数人看来，这都是件很平常的事情——虽然让人难过，但也没有什么大不了的。"

"要是这件事，"莫利怏怏不乐地说，"不是发生得这么突然就好了。"

没错，发生得是很突然，马普尔小姐一边慢慢往前走一边想道。昨天晚上，他还精神饱满地跟希灵登夫妇和戴森夫妇有说有笑呢。

希灵登夫妇和戴森夫妇……马普尔小姐走得更慢了……最终她猛然停下了脚步。她不去海水浴场了，而是在露台上找了个阴凉的角落坐了下来。她拿出她的毛线活儿，毛衣针相碰发出飞快的咔嗒声，仿佛它们也在努力赶上她思绪的速度。她不喜欢这件事——对，就是不喜欢这个。这件事过于巧合了。

她在心里面仔细回想了一遍昨天发生的事情。

帕尔格雷夫少校和他所讲的故事……

那些都没什么新鲜的，你也不需要竖起耳朵来听。然而，她要是认真听了或许就会更好一些。

肯尼亚，他说起了肯尼亚，随后是印度……西北边境……再然后呢……出于某种原因他们又谈起了谋杀——而即便是那个时候她也并没有真正在听……

某个发生在这里的著名案件——还曾经上了报纸……

就是在那之后，他帮她捡起毛线团的时候，他开始给她讲关于一张快照的事情——一张杀人凶手的快照——他说的就是这个。

马普尔小姐闭上了眼睛，试着准确地回忆起那个故事究竟是怎么讲的。

那是个很莫名其妙的故事，是他在他的俱乐部里听人讲的，要么就是在别人的俱乐部里。是一个医生告诉他的，这个医生又是从另一个医生那儿听来的。一个医生照了张一个人正从前门走出来的快照，而这个人是个杀人凶手……

是的，就是这样，各种各样的细节如今正在她的脑海里涌现——

然后他就提出要给她看那张快照——他拿出钱包，开始在里面翻找，而嘴里还在不停地说着话。

接着他一边说着话，一边抬起头来看，看什么呢？不是看她，而是看她身后的什么东西，说得准确点儿是在她右侧肩膀的后面。然后他就停下不说了，脸色发紫。接下来他开始把所有东西都往钱包里塞，塞的时候手还有点儿抖，一边塞一边又很不自然地大声说起象牙来了！

没一会儿工夫，希灵登夫妇和戴森夫妇就过来跟他们待在一起了……

就在那时候她从右边回过头去看了看，不过什么也没看见，一个人都没有。在她的左边，酒店的方向上离她有一点儿距离的地方，是蒂姆·肯德尔和他妻子；再远一些是一家子委内瑞拉人。不过帕尔格雷夫少校之前并没有往那个方向看……

马普尔小姐直到午饭时间还在冥思苦想。

午饭之后她没有坐车出去。

她反而托人捎了个口信，说她觉得不太舒服，想恳请格雷姆医生过来看看她。

第四章　马普尔小姐寻求治疗

格雷姆医生是个六十五岁左右和蔼可亲的老人。他在西印度群岛行医多年，不过如今已经是半退休状态，把大多数工作都留给了他在西印度群岛当地的那些搭档去处理。他客气地跟马普尔小姐打了招呼，随后问她哪儿不舒服。所幸的是，以马普尔小姐这把年纪，身上总会有些这样那样的小毛病可以拿来讨论，而且从病人的角度来说，还可以把病症稍微夸大一下。马普尔小姐在"她的肩膀"和"她的膝盖"之间犹豫了一下，不过最终还是决定说说膝盖。马普尔小姐自己心里有数，她的膝盖一直都没什么问题。

格雷姆医生极其温和体贴，不过有些话他还是忍住了没说出口，那就是实际上到了她这个年龄，这些问题也都在意料之中。他给她开了医生们常开的药方里几种有效的小药丸中的一种。根据他的经验，他知道很多老年人初次来到圣奥诺雷的时候会觉得有些孤单寂寞，于是他又决定留下来跟她闲聊一小会儿。

"一个大好人，"马普尔小姐心中自忖道，"不得不对他撒谎真的让我觉得很惭愧。但我实在不知道还能怎么办。"

马普尔小姐从小受到的教育就是要完完全全尊重事实，而她自己其实天生也是个极其诚实的人。只不过在某些场合下，如果她觉得有责任要这么做的话，她也能够把谎言说得不着痕迹，那种逼真的程度足以令人吃惊。

她清了清嗓子，充满歉意地轻轻咳嗽了一声，随即以一种老太太略微带点儿颤巍巍的方式说道：

"有件事儿，格雷姆医生，我想跟您说说。我是真的不想提起这个，但我又实在不知道还能怎么办。当然了，虽说这件事其实真的是无足轻重。不过您也知道，它对我来说很重要。所以我希望您能够理解，无论如何别觉得我要说的事情很烦人或者，或者很不可原谅。"

对于这段开场白，格雷姆医生很体贴地回应道："有什么事情让您烦心了吗？务必让我替您效劳吧。"

"这件事和帕尔格雷夫少校有关。他的离世真是让人太难过了。我今天早上听说这个消息的时候相当震惊。"

"是啊，"格雷姆医生说，"我很抱歉，事情发生得太突然了。他昨天看上去还精神饱满、情绪高涨呢。"他说话的时候态度和蔼，只不过说的都是客套话。很显然，对他来说，帕尔格雷夫少校的死并没有什么非同寻常的。马普尔小姐怀疑自己究竟是不是在无中生有。难道说她那种爱起疑心的毛病越来越厉害了吗？或许她再也不能相信自己的判断力了。不过其实这还算不上是判断，只是怀疑而已。不管怎么样，她现在已经骑虎难下，必须要一不做二不休了。

"昨天下午我们坐在一起聊天来着，"她说，"他给我讲了他各种各样的有趣生活。世界上还有那么多奇奇怪怪的地方。"

"可不是嘛。"格雷姆医生说，他已经很多次被少校的回忆搞得不胜其烦了。

"然后他说起了他的家庭，准确地说是他的童年，而我跟他讲了一点点关于我侄子和侄女的事情,他听得非常投入。接着我给他看了一张我随身带着的快照,是我其中一个侄子的。真是个可爱的孩子啊——说得准确点儿,现在至少已经不是个孩子了,不过在我心里他永远都是,如果您能理解我的意思的话。"

"相当理解。"格雷姆医生说,他在想还要多久这个老太太才能言归正传。

"我把快照递给他,结果他正在仔细看的时候,突然之间那些人——那几个特别好的人——采集野花和蝴蝶的那几个,我记得是希灵登上校和太太吧——"

"哦,是吗?希灵登夫妇和戴森夫妇。"

"对了,就是他们。他们突然有说有笑地过来了。接着他们坐下来点了饮料,我们就都在一起聊天。聊得非常愉快。不过帕尔格雷夫少校肯定是连想都没想就把我那张快照放回他的钱包,然后装进了口袋里。我当时没特别注意,但我后来想起来了,于是我就跟自己说——'我可千万别忘了找少校,让他把那张登齐尔的照片还给我。'昨天晚上有舞蹈和乐队演出的时候我还真想着这事儿呢,不过我不想在那个时候打扰他,因为当时他们在一起兴致正高呢,我就想'早上起来我会记着找他要的。'可是今天早上——"马普尔小姐停了下来了,有点儿哽咽。

"是啊,是啊,"格雷姆医生说,"我相当理解。而您呢——呃,自然是想把那张快照要回来。是这样吗?"

马普尔小姐热切地点着头表示赞同。

"对啊。就是这样。您看,我只有这么一张,而且还没有底片。我可不想把那张快照弄丢了,因为可怜的登齐尔五六年前就死了,他可是我最喜欢的侄子。我就只有这么一张照片可供回忆。我在想……我希望——我提这种要求是有点儿招人讨厌——您看看有没有可能想想办法帮我拿回它呢？您也明白，我是真不知道还能去求谁了。我不知道谁会去处理他全部的行李物品之类的东西。这一切都太难了。他们会觉得我这个人太烦人。您看，他们理解不了。没人能真正理解这张快照对我来说意味着什么。"

"当然，当然，"格雷姆医生说，"我非常理解。对您来说有这种感觉是再正常不过的事情。实际上，我马上就要和地方当局的人会面。葬礼是在明天，而在和他最近的亲属联系之前，行政长官办公室会有人过来检查一下他的证件和财产。反正都是那一套，如果您能跟我描述一下那张快照是什么样子的就好了。"

"照片上就是一幢房子的正面，"马普尔小姐说，"而有个人——我是指登齐尔——刚好从前门走出来。就像我说的那样，这张照片是我另一个侄子拍的，他特别喜欢看花展——我想，他那个时候应该是正在拍一株木槿花，要么就是那些漂亮的……那种像前菜似的，百合花之类的吧。当时登齐尔正巧从前门走出来。这并不是一张把他照得很好看的照片，有点儿模糊，不过我挺喜欢的，一直留着。"

"嗯，"格雷姆医生说，"这样说来就足够清楚了。我觉得应该费不了什么劲儿就能帮您把照片找回来，马普尔小姐。"

他从椅子上站起身来。马普尔小姐仰起头冲他微微一笑。

"您太好了，格雷姆医生，真的是太好了。您真的能理解，对吗？"

"我当然理解，当然，"格雷姆医生亲切地握着她的手说道，"您就不用担心了。每天轻轻活动活动您的膝盖，但也别太频繁，我会让人再给您送这些药来的。一次一片，一天三次。"

第五章　马普尔小姐下定决心

帕尔格雷夫少校的葬礼在第二天举行。马普尔小姐和普雷斯科特小姐一道出席了。教士宣读了悼词——在那之后，生活一如既往。

帕尔格雷夫少校的死已经成了区区一桩意外，稍微让人有点儿不舒服，但很快又会被人抛在脑后。这里的生活就是阳光、大海以及社交场上的寻欢作乐。一个不识趣客人扰乱了这些消遣，投下了一缕短暂的阴影，不过这缕阴影如今也已经烟消云散了。毕竟，没有人非常了解这位死者。他是那种在俱乐部里有点儿惹人烦的絮絮叨叨的老头子，总是给你讲一些你根本没什么兴趣听的个人经历。几乎没有什么能够让他在这个世界上的某个地方落地生根。他的妻子很多年前就死了。他自己活着的时候孤独寂寞，死的时候也冷冷清清。只不过这是那种在人群之中打发消磨的孤独，所以日子过得倒也没那么不愉快。帕尔格雷夫少校或许是个孤独的人，但他同时也是个快乐的人。他用自己独特的方式自得其乐。现在他死了，长眠于地下，没有人会特别在意，而再过上一个星期，甚至可能都不会再有人记得他或者想起他来。

要说有谁还能想起他来，可能也就是马普尔小姐了。倒不是出于什么个人感情，而是因为他代表了一种她所熟知的生活。她心想，当人逐渐上了年纪以后，会越来越习惯于去倾听；这种倾听或许并不会带有多少兴趣，但那却是她和少校两个老人之间一种温和的授受与相互迁就。它具有一种人性的特质，令人愉悦。对于帕尔格雷夫少校，她其实并没有如何哀悼，只是会想念他。

葬礼当天下午，当她坐在她最喜欢的地方织毛线活儿的时候，格雷姆医生来到她身边。她撂下毛衣针，跟他打招呼。他立即语带歉意地说道：

"我恐怕带来一个让人有些失望的消息，马普尔小姐。"

"真的吗？是关于我的——"

"没错。我们没能找到您那张珍贵的快照。我想这对您来说恐怕是个令人失望的结果。"

"是啊，是有些失望。不过当然了，其实也没那么要紧。那只是一种多愁善感。我现在已经领悟到这一点了。它没在帕尔格雷夫少校的钱包里吗？"

"没在。他的其他所有东西里也都没有。有一些信件、剪报之类杂七杂八的东西以及几张老照片，不过确实没有您提过的那样一张快照。"

"唉，真是的，"马普尔小姐说，"好吧，那也没办法了……太感谢您了，格雷姆医生，给您添麻烦了。"

"哦，也没什么麻烦的，真的。只是从我自己的经验来看，我很清楚家里这些琐碎的东西对于一个人来说有多重要，尤其是当人上了年纪的时候。"

这个老太太对这件事接受得还挺坦然，他心想。他猜测帕尔格雷夫少校或许是在从钱包里往外掏东西的时候无意中发现了那张快照，他甚至在还没弄明白它是怎么跑到里面去的时候就把它当成无关紧要的东西撕掉了。但它对于老太太来说可是至关重要的啊。而她看起来似乎对于这种结果很想得开，情绪依然不错。

然而从内心里，马普尔小姐远没有那么想得开，情绪也没有那么好。她想要一点时间来把事情想清楚，但她同时也决定充分利用一下眼前的机会。

她拉着格雷姆医生跟她说话，丝毫都不想掩饰那种热切的心情。而那个慈祥的老人则把她的滔滔不绝看作一个老太太感到寂寞时的自然流露，他轻松愉快地跟她聊起圣奥诺雷的生活，以及马普尔小姐可能会愿意去参观游览的各种各样有趣的地方，尽其所能地把她的注意力从丢失快照上转移开。他自己都不知道这场谈话怎么就又转回到帕尔格雷夫少校的死这件事情上来了。

"想想有人会像这样客死他乡就觉得很难过，"马普尔小姐说，"虽说从他亲口告诉我的话里，我感觉他没有什么直系亲属。他似乎是一个人住在伦敦。"

"我相信他在旅行上花了很多时间，"格雷姆医生说，"至少在冬日里是这样。他不喜欢咱们英国的冬天。这还真不能怪他。"

"是啊，不能怪他，"马普尔小姐说，"也许是他有什么特殊的原因，比如说肺不好之类的使他需要到海外去过冬呢？"

"噢，不是，我认为他没有。"

"我想他是有高血压。现如今可真要命。你能听说太多的人有这个毛病。"

"他跟您说起过这个，是吗？"

"噢，没有。不，他从没提起过。是别的什么人告诉我的。"

"啊，原来如此。"

"我猜，"马普尔小姐继续说道，"在那种情况下，死亡也是意料之中的事情吧。"

"那倒未必，"格雷姆医生说，"如今也有很多方法能够控制血压。"

"他的死看上去非常突然——不过我猜您并不觉得很吃惊。"

"嗯，对于那个年纪的人来说，我确实没觉得特别惊讶。不过我也的确没有料到。坦率地讲，在我看来，他的身体状况一直都非常好，不过我也从来没有从专业的角度给他检查过。我都没给他量过血压什么的。"

"当一个人有高血压的时候，别人，我的意思是指医生，能否只从外表看一看就知道呢？"马普尔小姐以一种天真无邪的口气问道。

"光看一眼是不行的，"医生微微一笑，说道，"你得做些检查。"

"哦，我明白了。就是那种可怕的玩意儿，把橡胶带子围在一个人的胳膊上，然后往里打气——我特别不喜欢那个。不过我的医生跟我说，以我的年纪而论，我的血压真算是非常好的。"

"嗯，那是个好消息。"格雷姆医生说。

"当然了，少校很喜欢喝丰收鸡尾酒。"马普尔小姐若有所思地说。

"没错。对于血压来说可不是什么好东西——我是指酒精。"

"我听说可以吃药，对不对？"

"对。市面上有几种。他房间里就有一瓶，塞伦奈特。"

"如今的科学可真了不起啊，"马普尔小姐说，"医生们可以做很多事情，对不对？"

"我们都要面对一个很强大的对手，"格雷姆医生说，"您也知道，就是自然规律。而有些很好的祖传秘方也会时不时地重获新生。"

"就好比把蜘蛛网糊在伤口上？"马普尔小姐说，"小的时候我们就常常这么干。"

"非常实用。"格雷姆医生说。

"还有在咳嗽得厉害的时候,把亚麻籽膏敷在胸口上,再涂上樟脑油揉搓。"

"我发现您全都知道啊!"格雷姆医生大笑着站起身来,说道,"膝盖怎么样了?不再那么难受了吧?"

"是啊,似乎好了很多很多了。"

"嗯,我们也不敢说这究竟是自然的规律还是我的药丸的功劳,"格雷姆医生说,"真抱歉我没能帮上您更多的忙。"

"但是您做得其实已经特别好了,占用您的时间我真的很不好意思。您刚才是说少校的钱包里什么照片都没有吗?"

"噢,有的,有一张很老的少校自己的照片,那时他还相当年轻呢,骑在一匹打马球的马上;还有一张是一只死老虎——他站在一旁,一只脚踩在老虎身上。都是这类的快照——他年轻时代的回忆。不过我可以向您保证,我看得非常仔细,您所描述的您侄子那张照片肯定不在里面——"

"噢,我确信您肯定看得特别仔细,我不是那个意思,我只是有点儿感兴趣,我们往往都会保留一些那样稀奇古怪的东西——"

"昔日珍宝。"医生微笑着说。

他道过别之后便离开了。

马普尔小姐依然望着棕榈树和大海,陷入沉思。有好几分钟她都没再拿起她的毛线活儿。她手头现在有了一个事实。她必须要考虑一下这个事实以及它意味着什么。少校从他钱包里拿出来之后又匆匆忙忙收回去的那张快照,在他死后不翼而飞了。这不是那种少校可能会扔掉的东西。他把它重新放回了钱包,那么在他死后,它理应还在他的钱包里。钱有可能被人偷走,但没人会想要偷一张快照。除非他们有特殊理由要这么做……

马普尔小姐的面色凝重起来。她必须得做个决定了。她打不打算让帕尔格雷夫少校就这么不声不响地躺在他的坟墓里呢？就那样难道不是更好吗？她低声地念出了一段名句："邓肯现在死了。经过了一场人生的热病，他现在睡得好好的！"① 现在没有任何东西能够伤害帕尔格雷夫少校了。他已经去了一个危险无法触碰到他的地方。他会在那样一个特定的夜晚死去仅仅是一个巧合吗？还是说这可能根本就不是巧合呢？医生们对于老年人的离世已经司空见惯了。尤其是在他的房间里还有一瓶高血压病人终其一生每天都要服用的药丸。可是如果有人从少校的钱包里拿走了那张快照，那么同一个人也同样有可能把那瓶药放在少校的房间里。她从来不记得自己看见过少校吃药；他也从来没跟她谈起过他血压方面的事情。关于他的身体状况，他唯一承认过的就是——"比不上我年轻的时候了。"他偶尔会有些气短，一点点哮喘而已，没什么别的问题。但是有人曾经提到过帕尔格雷夫少校有高血压来着——是莫利？是普雷斯科特小姐？她记不起来了。

马普尔小姐叹了口气，随后告诫起自己来，尽管这些话她并没有很大声地说出口。

"好吧，简，你到底在暗示些什么或是在想些什么啊？也许整件事情不过是你东拼西凑出来的？你这么想真的有什么依据吗？"

她尽其所能、逐字逐句地把她和少校之间关于谋杀和杀人凶手这个话题的对话回想了一遍。

"哦，天哪，"马普尔小姐说，"就算是——说真的，我也不知道我如何才能为此做点儿什么——"

不过她明白她打算试试。

---

① 原句出自莎士比亚名剧《麦克白》第三幕第二场，此处译文为朱生豪先生原译。

第六章 凌晨时分

1

马普尔小姐醒得很早。像很多老人一样，她睡得很浅，时睡时醒，醒着的时候她就会盘算一下第二天或者接下来的几天都要做什么事情。当然，这通常都是些纯粹的私事或者家务事，除了她自己之外，别人也不会有什么兴趣。不过在这天早晨，马普尔小姐躺在那里，很清醒也很有条理地思考着谋杀的事情，以及假如她的怀疑是正确的话，她还能做些什么。这可不是什么易如反掌的事。她手里有一件武器，而且也只有这一件，那就是和人聊天。

老太太们都喜欢没完没了、漫无边际地闲聊。很多人对此感到厌烦，不过对于闲聊背后隐藏着的目的肯定不会起疑心。这可不是什么单刀直入问问题的事情。（事实上，她也发现她真的不知道该从何问起！）这是个对于某些人要再多发掘出一点点信息的问题。她在心里把这些人先审视了一遍。

她也许能多挖出一些帕尔格雷夫少校的事情，但那真的能对她有所帮助吗？她对此表示怀疑。如果帕尔格雷夫少校死于谋杀，那也不会是因为他生活中的那些秘密，或者为了继承他的财产，或是寻仇。实际上，尽管他是受害者，这桩案子却属于那种罕见的案例，在这类案子里，就算对受害者了解得再多对你也不会有什么帮助，不管怎样都没法带着你去找到杀害他的凶手。在她看来，问题的关键，也是唯一的症结所在，就是帕尔格雷夫少校的话太多了！

从格雷姆医生那里她获悉了一个挺有意思的事实。他在他的钱包里放了各种各样的照片：一张是他自己和一匹打马球用的马，一张是一只死老虎，还会有其他一两张与之类似的吧。那帕尔格雷夫少校为什么要随身带着这些照片呢？马普尔小姐心想，以她多年来对于那些老将军、准将以及区区少校们的经验来看，很显然是因为他有些喜欢讲给别人听的故事。开场白都是"我在印度的时候，有一次出去打老虎，发生了一件奇怪的事情……"要么就是追忆一下他自己和一匹打马球用的马的旧事。因此这个关于杀人嫌凶的故事应该也会需要他适时地从钱包里拿出那张快照来加以说明吧。

在和她聊天的时候，他用的就是这个套路。关于谋杀的话题一经提及，为了让他的故事能够吸引听者的兴趣，他毫无疑问会像他通常所做的那样，掏出那张快照，说上一句类似"想不到这家伙是个杀人凶手，是吧？"这样的话来。

关键在于这已经成了他的一种习惯。这个杀人凶手的故事也变成了他的保留节目之一。只要一有人说起谋杀，少校就会抖擞精神，滔滔不绝起来。

马普尔小姐想，那样说来，这个故事他可能已经给这里的其他什么人讲过了。或许还不止一个人呢——如果真是这样的话，她就可以从这个人嘴里得知那个故事更多的细节，也许还能知道快照里那个人长成什么样子呢。

她满意地点点头——那也算有个开始了。

当然了，她心里头还有四个她称之为"四大嫌疑分子"的人。但是由于帕尔格雷夫少校曾经说到的是个男人——所以实际上只有两个人。希灵登上校或是戴森先生，哪个看起来都跟杀人凶手不搭界，但另一方面，杀人凶手又常常是看起来不像的那个。还会另有其人吗？她回过头去看的时候谁也没看到。当然，那儿有栋小屋。拉斐尔先生的小屋。有人能够在她得空转过头去之前从屋里出来然后又回去吗？如果真是这样，那也只能是那个贴身男仆。他叫什么来着？噢，对了，杰克森。走出屋来的有没有可能是杰克森呢？那样就跟那张照片上的情景一模一样了。一个男人从一扇门中走了出来。或许他在电光石火之间就认出来了。在那之前，帕尔格雷夫少校可能都没怎么正眼瞧过那个贴身男仆亚瑟·杰克森。他那游移不定又充满好奇的眼神从本质上来说就透着势利，亚瑟·杰克森可不是什么正人君子，帕尔格雷夫少校才不会瞥他第二眼呢。

或许，直到他把快照拿在手中，目光越过马普尔小姐的右肩头，看见一个男人从一扇门里走出来的时候……

马普尔小姐躺在枕头上翻了个身，盘算着明天的计划——确切地说是今天的——就是进一步调查希灵登夫妇、戴森夫妇以及贴身男仆亚瑟·杰克森。

2

格雷姆医生醒得也很早。通常他都会翻个身再睡，不过今天他有点儿心神不宁，竟然没能再睡着。他已经许久没有经历过这种令他难以再次入眠的焦虑了。究竟是什么导致了这种焦虑呢？说真的，他也搞不清楚。他躺在那里，心里仔细地想了一遍。是跟什么有关呢——跟什么呢——对了，帕尔格雷夫少校。是帕尔格雷夫少校的死吗？但他还是不明白这件事有什么可让他忐忑不安的。是那个喋喋不休的老太太说过的哪句话吗？那张快照的事她也真够倒霉的。她接受得倒很坦然。但她到底说了些什么，又是哪句她碰巧说出口的话让他产生了这种不自在的奇怪感觉呢？说到底，少校的死并没有什么奇怪之处，什么也没有。至少他认为什么都没有。

非常清楚的是，以少校的健康状况来说——他想着想着思绪忽然间有点儿卡壳。他真的对帕尔格雷夫少校的健康状况了如指掌吗？人人都说他有高血压。不过他自己却从来都没跟少校谈起过这个。其实他压根儿就没怎么跟帕尔格雷夫少校聊过天。帕尔格雷夫是个招人烦的老家伙，而他会避开这种人。那他究竟为什么会产生这种念头，觉得有什么事情可能不对劲呢？是因为那个老太太吗？可是归根结底，她什么也没说过啊。不管怎么讲，这件事跟他毫无关系。地方当局相当满意。有那瓶塞伦奈特为证，而且这位老兄显然经常跟别人聊起他的血压。

格雷姆医生在床上翻了个身，没过多久就又睡着了。

3

在酒店的庭院之外，小溪边有一排简陋的小木屋。在其中一栋里，那个叫维多利亚·约翰逊的姑娘翻了个身，从床上坐了起来。这个圣奥诺雷的姑娘是个尤物，她有着雕塑家都会欣赏不已的黑色大理石般的身躯。她用手指匆匆梳理了一下自己浓密卷曲的黑发，然后用脚捅了捅睡在她旁边的人的肋骨。

"醒醒，老兄。"

那个男人嘴里嘟囔着翻过身来。

"你要干吗啊？还没到早上呢。"

"醒醒吧，老兄。我有话要跟你说。"

男人坐起来，伸了个懒腰，露出一张大嘴和一口漂亮的牙齿。

"你操心什么呢，姑奶奶？"

"那个死了的少校啊。有些事儿让我觉得不爽。有些东西不对劲。"

"哎呀，你操心那些干什么呀？他老了，死了。"

"听我说，老兄。是那些药丸。医生问我的那些药丸。"

"哦，药丸怎么了？他没准儿吃得太多了。"

"不。不是那么回事儿。听我说。"她向他那边靠过去，热情洋溢地说起来。他打了个哈欠，再次躺倒下来。

"那都是没影的事儿。你在说些什么呀？"

"就算这样，我早上也要找肯德尔太太说说这件事。我觉得这里面有什么东西不对劲。"

"别费脑子了。"男人说道，尽管没有举行过婚礼，她还是把他当成了现在的丈夫。"咱们可别没事儿找事儿。"他说道，然后打着哈欠往他那边一翻身。

第七章　海滩上的早晨

1

酒店下方的海滩上，现在是上午十点钟左右。

伊夫林·希灵登从水里出来，躺倒在温暖的金色沙滩之上。她脱掉泳帽，用力甩着她那一头黑发。这片海滩并不太大。上午人们喜欢聚集在这里，到十一点半左右通常都会有个社交聚会之类的活动。在伊夫林的左边，卡斯比埃罗夫人躺在一张外形颇具异国特色的时髦柳条椅上，她是个漂亮的委内瑞拉女人。挨着她的是拉斐尔老先生，他现在是金棕榈酒店的老主顾了，拥有只有老弱病残的富豪才能拥有的说一不二的权力。埃丝特·沃尔特斯在旁边服侍着他。她通常都随身带着速记本和铅笔，以防拉斐尔先生突然想起什么十万火急必须立刻发出去的业务电报。一身沙滩装束的拉斐尔先生那副枯干的样子令人难以置信，干巴巴的皮肤包裹着他的骨头架子。尽管看起来像是个行将就木的人，不过至少在过去的八年之中，他的模样始终一成不变——反正这些岛上的传言如此。一双敏锐的蓝眼睛从他布满皱纹的脸上向外窥视，而他生活中的首要乐趣就是粗鲁地驳斥其他人所说过的任何一句话。

马普尔小姐同样在场。和往常一样,她坐在那里织着毛线活儿,倾听着周围的谈话,很偶尔地才会插上一句嘴。每次她搭腔的时候,大家都会很吃惊,因为他们通常都已经忘记了她的存在!伊夫林·希灵登宠溺地看着她,心想她可真是个和蔼可亲的老太太。

卡斯比埃罗夫人往她那双修长的美腿上又抹了些油,嘴里还哼着歌。她并不是个话多的女人。此刻她有些不满地瞅着那个装防晒油的小瓶子。

"这油可不像风中花语牌么么好用,"她闷闷不乐地说道,"可惜在这儿买不到。美中不足啊。"说完她再次垂下了眼帘。

"您现在要下去洗个澡吗,拉斐尔先生?"埃丝特·沃尔特斯问道。

"我准备好的时候自然会下去。"拉斐尔先生暴躁地回答。

"现在十一点半了。"沃尔特斯太太说。

"那又怎么样?"拉斐尔先生说,"你觉得我是那种要被钟点控制的人吗?整点的时候干这个,二十分钟以后干那个,再过二十分钟再去干那个——呸!"

沃尔特斯太太服侍拉斐尔先生够久,她已经能采取自己的方式来跟他打交道了。她知道他喜欢用相当长的一段时间来恢复他洗澡时所耗费的精力,因此她才要提醒他时间,让他足足花十分钟来批驳自己的提议,然后他才会默默接受。

"我不喜欢帆布鞋,"拉斐尔先生说着话抬起一只脚来看了看,"这话我已经跟那个白痴杰克逊说过了。那家伙对于我说的话向来一个字都听不进去。"

"我去给您拿双别的鞋来,行吗,拉斐尔先生?"

"别,你甭去,你就坐在这儿安安静静待着。我讨厌别人像咯咯叫的母鸡那样横冲直撞的。"

伊夫林在温暖的沙滩上稍稍换了个姿势,把两只胳膊向外伸了出来。

马普尔小姐一心一意织着毛线活儿——至少看上去是这样——同时伸出一只脚去,随后她又忙不迭地道起歉来。

"对不起,真是太对不起了,希灵登太太。我怕是踢着你了。"

"哦,没什么大不了的,"伊夫林说,"这片海滩变得相当拥挤呢。"

"噢,千万别挪地方。千万别。我往后稍微挪一下椅子,这样我就不会再踢着你了。"

马普尔小姐一边摆好椅子重新坐下,一边嘴里还在带着孩子气似的喋喋不休。

"依我看啊,还是得说来这儿真是太棒啦!你知道,我以前从来没来过西印度群岛。我还觉得这是那种我永远都不会来的地方呢,而现在我来了。这都是托了我那个亲爱的侄子的福。我猜你对这片地方一定非常熟悉,对吗,希灵登太太?"

"这个岛我以前来过一两次,当然了,大多数其他的岛也一样。"

"哦,对啊。蝴蝶,对不对,还有野花?你和你的——你的朋友们——还是说他们是你的亲戚?"

"朋友。仅此而已。"

"那你们经常在一起四处周游,我想是因为你们有共同的兴趣爱好吧?"

"是啊。到现在我们一起旅行已经有好几年了。"

"我猜你们有时候肯定会经历相当刺激的冒险吧?"

"我倒没觉着。"伊夫林说。她的语气波澜不兴,还透出几许厌烦。"冒险奇遇什么的似乎总是跟别人有缘。"她打了个哈欠。

"没有过碰见蛇或者野生动物或者疯狂的土著人之类的危险经历吗?"

("我这话问得有多傻啊。"马普尔小姐心想。)

"顶多也就是蚊叮虫咬罢了。"伊夫林向她保证。

"你知道吗,可怜的帕尔格雷夫少校有一次就被蛇咬过。"马普尔小姐说道,其实这纯粹是她瞎编乱造的。

"是吗?"

"他从来没给你们讲过这个吗?"

"或许讲过吧。我不记得了。"

"我以为你对他特别了解呢,不是吗?"

"帕尔格雷夫少校吗?不,几乎一点儿都不了解。"

"他总是有一大堆有趣的故事可讲。"

"让人烦透了的老东西,"拉斐尔先生说道,"还是个愚蠢的家伙。他要是能把自己照顾好也不至于死掉。"

"哦,得了吧,拉斐尔先生。"沃尔特斯太太说。

"我知道自己在说什么。你要是能照顾好自己,无论到哪儿都会好好的。看看我吧。医生们好多年以前对我就已经死心了。好吧,我说,我对于健康有自己的一套准则,而我也会坚持遵守。于是我现在还在这儿。"

他得意扬扬地环顾了一下四周。

事实上,他能活到现在看上去似乎还真是个错误。

"可怜的帕尔格雷夫少校有高血压。"沃尔特斯太太说。

"瞎扯。"拉斐尔先生说。

"噢,可他真的有。"伊夫林·希灵登说。她突然间说出的这句话带着一种让人意想不到的权威感。

"这话谁说的?"拉斐尔先生说,"他告诉过你他有高血压?"

"有人说过。"

"他的脸看起来很红。"马普尔小姐帮腔道。

"不能根据那个来判断,"拉斐尔先生说,"而且不管怎么说,他没有高血压,因为他亲口告诉过我。"

"您这话什么意思,他这么跟您说过?"沃尔特斯太太说,"我是说,一个人没法那么确切地告诉别人自己没有什么病。"

"不,我能。有一次我跟他说话,他当时灌了好多那种丰收鸡尾酒,还吃了太多的东西,我就说,'你应该注意一下自己的日常饮食,少喝点儿酒。到了这个年纪,你必须得考虑考虑自己的血压。'而他说在那方面他没什么好注意的,对他那个年纪的人来说,他的血压好得很呢。"

"不过就我所知,他因为血压的事儿还吃药呢,"马普尔小姐又一次加入了谈话之中,"那药叫……哦,叫什么……塞伦奈特吧?"

"要是你问我的话,"伊夫林·希灵登说,"我觉得他永远都不愿意承认他会出什么问题或者他也会生病。我认为他是那种害怕生病,因此也就拒绝承认自己身体有任何毛病的人。"

对于她来说,这番话说得够长了。马普尔小姐若有所思地低眉看了看她覆满乌发的头顶。

"问题就在于,"拉斐尔先生独断专横地说道,"每个人都太喜欢知道别人有什么病了。他们觉得每个年过半百的人都会死于高血压或者冠状动脉血栓之类的——废话!假如一个人说他什么大毛病都没有,我就认为他没有。一个人应该了解自己的健康状况。现在几点?差一刻十二点了?我早就该去洗澡了。你为什么不能提醒我这些事情呢,埃丝特?"

沃尔特斯太太未做任何辩驳。她站起身,灵巧熟练地帮着拉斐尔先生也站了起来。她小心翼翼地搀扶着他,他们一起走下海滩,随后又一同步入海水之中。

卡斯比埃罗夫人睁开眼睛,喃喃自语道:"老头子们可真惹人烦!噢,他们多招人讨厌啊!他们都应该在四十岁的时候就被处死,没准儿三十五岁更好。是不是?"

爱德华·希灵登和格雷戈里·戴森一路咯吱咯吱地踩着沙滩走过来。

"水怎么样,伊夫林?"

"跟平常一样。"

"从来都没什么变化,对吗?勒基在哪儿?"

"我不知道。"伊夫林说。

马普尔小姐再次低下头若有所思地看着她乌黑的脑袋。

"好吧,我现在要模仿一头鲸鱼啦。"格雷戈里说。他甩掉那身花里胡哨的百慕大衬衫,冲下海滩,气喘吁吁地投入海中,飞快地游起自由泳来。爱德华·希灵登在妻子身边的沙滩上坐了下来。没一会儿工夫他开口问道:"再下一次水吗?"

她微微一笑,戴上泳帽,随后他们一起走下沙滩,样子远没有那么招摇。

卡斯比埃罗夫人再次睁开眼睛。

"一开始我还以为那两个人在度蜜月呢,他对她那么好,不过我听说他们都已经结婚八九年了。太令人难以置信了,不是吗?"

"我纳闷的是戴森夫人去哪儿了?"马普尔小姐说。

"那个勒基?她跟哪个男人在一起呢。"

"你——你这么想?"

"肯定是，"卡斯比埃罗夫人说，"她就是那类人。但是她也没那么年轻了。而她丈夫，眼神也已经跑到别处去了——他到处调情，随时随地。我知道。"

"是啊，"马普尔小姐说，"我估计你就知道。"

卡斯比埃罗夫人惊讶地瞥了她一眼。很显然她并未料到自己会听到这样的话。

而马普尔小姐则温文尔雅、天真无邪地看着海面的波涛。

2

"我能跟您说句话吗，肯德尔太太？"

"行啊，当然可以。"莫利说。她正坐在办公室的书桌旁边。

身材高挑、乐观开朗的维多利亚·约翰逊穿着干净利落的白色制服又往屋里走了两步，神秘兮兮地在身后关上了门。

"我想告诉您一些事情，肯德尔太太。"

"好啊，什么事？出什么问题了吗？"

"我也不知道。说不太准。是关于那个去世的老先生。那位少校先生。他是在睡梦中死去的。"

"对，对。他怎么了？"

"他房间里有一瓶药。医生问过我来着。"

"哦？"

"医生说——'让我看看他卫生间的架子上都有些什么。'然后他就看了，您也知道。他看见那儿有牙粉，有治消化不良的药，阿司匹林和鼠李树皮制成的缓泻药，再有就是这些装在一个写着塞伦奈特的瓶子里的药丸了。"

"嗯。"莫利又搭了一句腔。

"医生看着那些药丸。他似乎非常满意，随后点点头。但我事后想了一下。那些药丸之前并不在那儿。我以前没在他的卫生间里看见过那个。其他的都看见过。牙粉，阿司匹林，须后水以及其他所有的东西。但是那些药丸，那些叫塞伦奈特的药丸，我以前从来没有注意过。"

"所以你觉得——"莫利露出困惑的表情。

"我不知道该怎么想，"维多利亚说，"我就是觉得这事儿不对劲，所以我想我最好还是来告诉您。也许您会告诉医生，也许这意味着什么。也许是有人把那些药丸放在那儿的，而他吃了之后就死了。"

"噢，我觉得那根本不可能。"莫利说。

维多利亚乌黑的脑袋摇了摇："您可不知道，人是会干坏事儿的。"

莫利扫了一眼窗外。这地方看起来就像人间天堂一般。有阳光，大海，珊瑚礁，音乐，还有舞蹈，仿佛就是个伊甸园。不过就算在伊甸园里，也还是会有一个阴影——那条蛇的阴影——坏事情——听到那些字眼儿是多么令人憎恶啊。

"我会去调查的，维多利亚，"她直截了当地说道，"不用担心。而最要紧的是别让愚蠢的谣言满天飞。"

就在维多利亚多少有点儿不情愿地离开之时，蒂姆·肯德尔走了进来。

"出了什么事儿吗，莫利？"

她犹豫了一下，但是想到维多利亚也有可能会去找他，于是就把女孩刚才说的话告诉了他。

"我搞不懂这些乱七八糟的话是什么意思。不管怎么说，那些药丸是怎么回事儿?"

"呃,我真的不知道,蒂姆。罗伯逊医生来的时候说它们——是跟血压有关的药吧,我想。"

"嗯,那就没什么问题了,不是吗?我是说,他有高血压,而他有可能正在吃这种药治病,对不对?人们都是这样。我见过,好多了。"

"是啊,"莫利有些迟疑,"不过维多利亚似乎认为他有可能吃了一粒那种药丸,而正是那粒药要了他的命。"

"噢,亲爱的,那也有点儿太夸张太戏剧化了吧!你是说有人可能用别的什么东西掉包了他的血压药,而那些玩意儿把他毒死了?"

"照你这么一说的话,"莫利语带歉意地说道,"听起来的确荒唐。不过看样子维多利亚就是这么想的啊!"

"傻姑娘!我们可以去问问格雷姆医生这件事,我猜他应该知道。不过说真的,真不值得用这种胡说八道的话去打扰他。"

"我也是这么想。"

"那姑娘究竟凭什么会认为是有人掉包了那些药丸呢?你是说,把别的不一样的药放到了同一个瓶子里吗?"

"我也想不大明白,"莫利说,她看起来有些不知所措,"维多利亚似乎觉得那个装塞伦奈特的瓶子是头一回出现在那里。"

"噢,但那都是胡说八道,"蒂姆·肯德尔说道,"他必须一直吃那些药丸才能把他的血压降下来。"接着他就高高兴兴地离开,找餐厅领班[①]费尔南多商量事情去了。

但是莫利没办法那么轻易地就把这件事抛在脑后。在忙完了午餐

[①]原文为法语。

之后，她对丈夫说：

"蒂姆……我一直在想……如果维多利亚满世界去说的话，或许我们也应该找人问问这事儿。"

"我亲爱的太太啊！罗伯逊还有其他所有人当时来过，他们想看的东西都看了，想问的问题也都问了。"

"没错，可是你也知道她们会怎么去传这些话，就这些姑娘们——"

"噢，好吧！我这么跟你说吧——咱们去问问格雷姆——他会知道的。"

格雷姆医生正拿着一本书坐在他的凉廊上。这对年轻夫妇一进去，莫利就迫不及待地开始叙述起来。她说得有点儿语无伦次，于是蒂姆把话头接了过来。

"听起来的确有点儿傻，"他抱歉地说道，"不过要我说啊，这姑娘脑子里就认定有人把某种毒药放到了……那个叫什么……塞拉——什么的药瓶子里。"

"可她脑子里凭什么会有这种想法呢？"格雷姆医生问道，"她是看见什么还是听见什么了，或者——我是想问，她为什么会这么想？"

"我也不知道，"蒂姆颇有几分无助地说道，"那是个不一样的瓶子吗？是那样吗，莫利？"

"不是，"莫利说，"我觉得她说的是那儿有一个瓶子，上面贴的标签写着——塞文……塞伦——"

"塞伦奈特，"医生说，"完全正确。一种常用药。他一直在规律地定期服用。"

"维多利亚说她以前从来没在他的房间里见过。"

"以前从来没在他房间里见过？"格雷姆咄咄逼人地说道，"她这么说是什么意思?"

"呃,她就是这么说的。她说卫生间架子上有各种各样的东西。您知道,有牙粉,阿司匹林,还有须后水以及——噢——她就那么兴高采烈地滔滔不绝。我猜她一直都在打扫那些东西,所以才会烂熟于心。但是这一瓶——这个塞伦奈特——直到他死后的第二天她才见到。"

"那可太奇怪了,"格雷姆医生说道,语气相当严厉,"她确定吗?"

他话音里这种不同以往的严厉使得肯德尔夫妇都抬起眼来看着他。他们没料到格雷姆医生居然会是这个态度。

"她听上去很确定。"莫利缓缓说道。

"或许她只是想要耸人听闻。"蒂姆提醒说。

"或许吧,"格雷姆医生说,"我最好亲自跟这个姑娘谈谈。"

因为被允许讲述她的故事,维多利亚表现出了显而易见的愉悦。

"我可不想惹什么麻烦。"她说,"不是我把瓶子放在那儿的,我也不知道是谁干的。"

"但你认为那瓶子是有人放在那儿的?"格雷姆问道。

"嗯,您瞧,医生,如果它以前不在那儿,那就一定是有人放在那儿的。"

"帕尔格雷夫少校也有可能把它放在抽屉里,或者公文箱之类的东西里面啊。"

维多利亚精明地摇了摇头。

"如果他一直在吃这种药,他就不会这么干的,对吗?"

"对,"格雷姆勉强承认道,"对,这是那种他一天必须吃好几次的药。你从没见过他吃这种药或者这类药当中其他的任何一种吗?"

"以前他屋里没有这种药。我只是想——有传言说那个药和他的死有关系，说让他中了毒还是怎么的，于是我就想没准儿他有个仇人，那个仇人为了杀掉他才把药放在那儿的呢。"

"胡扯，我的姑娘，"医生粗鲁地说，"纯粹胡说八道。"

维多利亚看上去受到了惊吓。

"你是说这东西真的是药，是好药吗？"她将信将疑地问道。

"是好药，还是必备药，"格雷姆医生说，"所以你不必担心，维多利亚。我可以向你担保这药什么问题都没有。对于一个有这种病的人来说吃这药很对路子。"

"您可让我心里的一块石头落了地了。"维多利亚说道，接着冲他快活地一笑，露出一口洁白的牙齿。

然而格雷姆医生心头的这块石头可还没落下来呢。他原本那种隐隐约约的不安感如今正变得真实起来。

第八章　与埃丝特·沃尔特斯的闲谈

"这地方跟以前不一样了，"拉斐尔先生看到马普尔小姐正向他和他秘书坐的地方走过来，便暴躁地说道，"甭管走到哪儿，都会有只老母鸡在你脚边碍事。这帮老太婆跑到西印度群岛来究竟想干吗？"

"那您觉得她们应该去哪儿呢？"埃丝特·沃尔特斯问道。

"去切尔滕纳姆①，"拉斐尔先生不假思索地说，"或者伯恩茅斯②。"他提议道，"要么就去托基③或者兰德林多德韦尔斯④。可选的地方多得是。她们喜欢那种地方——她们在那儿会很高兴的。"

"我猜她们也不是经常掏得起钱来西印度群岛，"埃丝特说，"不是每个人都像您这么命好。"

"说得没错。"拉斐尔先生说，"你就继续损我吧。瞧瞧我，浑身上下哪儿都疼，哪儿都不舒服。你一点儿都不愿意帮我缓解缓解！而且你还什么活儿都不干——你为什么还没把那些信件打出来啊？"

"我还没找着时间呢。"

---

① 英格兰西南部城市。
② 英国南部港口城市。
③ 英格兰西南部海滨小镇，阿加莎的故乡和出生地。
④ 威尔士波厄斯郡中部小镇，十九世纪时成为矿泉疗养胜地，现为波厄斯郡行政中心。

"那你就接着干吧,行不行?我带你来这儿是为了让你干点活儿,不是让你干坐着一动不动地晒太阳秀身材的。"

有些人可能会觉得拉斐尔先生的言辞令人难以忍受,不过埃丝特·沃尔特斯已经为他工作了好几年,她深知拉斐尔先生其实是刀子嘴豆腐心。他是个几乎一直在忍受着疼痛折磨的人,说几句难听话是他发泄的一种方式。不管他嘴上说什么,她都能够泰然处之,不为所动。

"多美的夜晚啊,是不是?"马普尔小姐在他们身边停下来说道。

"谁说不是呢?"拉斐尔先生说,"我们就是为此来这儿的,不是吗?"

马普尔小姐发出一阵银铃般的笑声。

"您这话也太严厉了。天气当然是个很英国式的话题,人会忘记——哎呀,这卷毛线的颜色拿错了。"她说着把针织袋放在花园的桌子上,快步朝自己的小屋走去。

"杰克森!"拉斐尔先生大喊道。

杰克森应声出现。

"带我回屋去,"拉斐尔先生说,"我现在就要做按摩,不然那只咯咯叫的老母鸡又要回来了。尽管你那按摩对我其实也没什么好处。"他又加上一句。说完他就让按摩师娴熟地帮他起身,扶着他走回他的小屋里去了。

埃丝特·沃尔特斯目送着他们,接着她转过头来,恰好看到马普尔小姐拿着一团毛线走回来坐在了她的身边。

"我希望我没有打扰你吧?"马普尔小姐说。

"当然没有,"埃丝特·沃尔特斯说,"我一会儿就得走,去打几封信,不过我打算先欣赏十分钟的日落美景。"

马普尔小姐坐了下来,用一种柔和的声音开始说话。她边说边心里概括起埃丝特·沃尔特斯来。她看起来平平无奇,不过要是她愿意尝试一下的话,也可以变得挺迷人。马普尔小姐不明白为什么她没有去尝试。当然,也可能是因为拉斐尔先生不喜欢,但马普尔小姐觉得拉斐尔先生其实完全不会真的在乎这件事。他一门心思只对自己感兴趣,只要他本人没有被罔顾,他的秘书就算打扮成天仙一般估计也不会遭到他的反对。况且,他通常上床睡觉都很早,而在有着钢鼓乐队伴奏和舞蹈的夜晚时分,埃丝特·沃尔特斯应该很容易就能——马普尔小姐的思绪停顿了一下,想找一个词儿,同时她嘴上还在高高兴兴地谈论着她的詹姆斯敦之行——啊,有了,绽放。埃丝特·沃尔特斯本可以在夜晚时分如鲜花般绽放。

她慢慢把话题往杰克森身上引。

说起杰克森,埃丝特·沃尔特斯着实有些含糊其词。

"他非常能干,"她说,"是个训练有素的按摩师。"

"我猜他跟随拉斐尔先生已经很长时间了吧?"

"哦,没有,大约九个月吧,我想——"

"他结婚了吗?"马普尔小姐试探着问道。

"结婚?我想没有,"埃丝特有些吃惊地说道,"就算结了,他也从来没提起过——"

"没有,"她紧跟着又说,"我觉得他肯定没结婚。"说完脸上还显露出几分打趣的神情。

马普尔小姐在理解这句话的时候自己在心里又给它加上了一句——"至少他表现出来的样子就像是没结婚似的。"

不过话说回来,得有多少已婚男人表现得就像是他们还没结婚似的啊!马普尔小姐能举出好多例子来!

"他长得相当好看。"她特意这么说。

"对——我想也是。"埃丝特兴味索然地说道。

马普尔小姐仔细琢磨着她。对男人不感兴趣吗？或许这是那种只对一个男人感兴趣的女人——他们说过，她是个寡妇。

她问道："你为拉斐尔先生工作很久了吗？"

"四五年吧。我丈夫过世之后，我不得不再出来找份工作。我有个女儿还在上学，而丈夫留给我的东西微乎其微。"

"拉斐尔先生肯定挺难伺候吧？"马普尔小姐又一次试探道。

"倒也不是，尤其是当您了解他以后。他会突然之间发火，特别爱跟人争辩。我认为真正的麻烦在于他容易对人厌倦。他在两年之中已经换了五个贴身男仆。他喜欢有新来的人让他欺负。不过他跟我相处得一直都挺好。"

"杰克森先生似乎是个非常有礼貌、殷勤体贴的年轻人吧？"

"他非常老练，足智多谋，"埃丝特说，"当然了，他有时候也有点儿——"她欲言又止。

马普尔小姐想了想。"这份工作有时候也挺为难的吧？"她委婉地说道。

"嗯，是啊。这也不对那也不行，左右为难。不过——"她微微一笑，"我觉得他倒是想方设法让自己过得开心。"

马普尔小姐把这句话也琢磨了一下，结果没琢磨出什么名堂来。她继续这场唠唠叨叨的谈话，很快就听到了一大堆关于那个有自然情结的四人组——戴森夫妇和希灵登夫妇的事情。

"希灵登夫妇至少最近三四年都会来这儿，"埃丝特说，"不过格雷戈里·戴森可比他们来得早多了。他对西印度群岛了如指掌。我想，他最初到这里来的时候是和他的第一任妻子。她有些弱不禁风，不得不到国外去冬，或者无论如何也要找个暖和的地方。"

"那她后来死了吗？还是说他们离婚了？"

"不是离婚。是她死了。我相信就在这儿。我的意思不是说就在这个岛上，而是在西印度群岛当中的某个岛上。我想这里面有些麻烦事儿，一些流言蜚语之类的。他从来不会说起她。是别人告诉我的。就我所知，他们相处得不太融洽。"

"然后他就娶了现在的妻子，'勒基'。"马普尔小姐念这个名字的时候夹杂着些许不满，就好像在说"真是的，怎么叫这么个怪名字！"

"我记得她跟他的第一任妻子还沾亲带故呢。"

"他们认识希灵登夫妇很多年了吗？"

"噢，我觉得也就是自从希灵登夫妇到这里来之后吧。三四年的时间，不会更久。"

"希灵登夫妇看起来非常随和，"马普尔小姐说，"当然，还很文静。"

"是啊。他们俩都挺文静的。"

"大家都说他们非常相爱。"马普尔小姐说。她说话的语气本来是相当随意的，但埃丝特·沃尔特斯却眼神锐利地看着她。

"但您并不觉得他们很恩爱？"她说。

"你自己心里其实也不那么想，对吗，亲爱的？"

"呃，我有时候会纳闷……"

"文静的男人，就像希灵登上校这样的，"马普尔小姐说，"常常会被那种华丽浮夸的人所吸引。"然后，她意味深长地停顿一下，随即接着说道："勒基——好奇特的名字啊。你觉得戴森先生对于接下来可能发生的事情会——会有所察觉吗？"

"长舌妇，"埃丝特·沃尔特斯心想，"真够可以的，这帮老太太！"

她颇为冷淡地说:"我也不知道。"

马普尔小姐又转到了另一个话题上:"关于可怜的帕尔格雷夫少校的事,真是让人非常难过,不是吗?"

埃丝特·沃尔特斯表示了赞同,尽管多多少少有些敷衍。

"倒是肯德尔夫妇,我是真的替他们感到难过。"她说。

"是啊,我想在酒店里发生这种事情也真是够倒霉的。"

"您瞧,人们来这儿是为了玩得高兴,对不对?"埃丝特说,"为了忘记疾病,死亡,所得税,冻结的水管,以及其他类似的事情。他们不喜欢——"她突然以一种全然不同的态度继续说道,"任何能让他们想起死亡的事情。"

马普尔小姐放下了手中的毛线活儿。"你这话说得简直太好了,亲爱的,"她说,"真是说得太好了。没错,就是像你说的那样。"

"而您看他们夫妇相当年轻,"埃丝特·沃尔特斯接着往下说道,"他们只不过是六个月前才从桑德森夫妇那儿接手了这家酒店,他们特别担心自己能不能获得成功,因为他们也没有什么经验。"

"那你认为这件事可能真的会对他们很不利了?"

"呃,不,坦率地讲,我不这么认为,"埃丝特·沃尔特斯说,"这里的氛围就是'我们都已经到这儿来准备享乐一番了,那就继续享乐吧',我觉得在这种氛围之下,任何事情只要过上一两天,大家也就不记得了。我认为一起死亡事件也就能让他们震惊二十四个小时左右,一旦葬礼结束,他们就再也想不起这件事来了。也就是说,除非有人有意提醒他们。我已经这样跟莫利说过,不过当然了,她是个心重的人。"

"肯德尔太太心重?她一直看上去都是满不在乎的啊。"

"我想那多半都是装出来的,"埃丝特慢条斯理地说,"实际上,我认为她是那种很焦虑的人,无时无刻都在担心要出什么岔子。"

"我还以为她丈夫比她要更操心一些呢。"

"不,我不这么想。我觉得她更操心些,而她丈夫操心也是因为她操心,如果您能明白我的意思的话。"

"这倒挺有意思的。"马普尔小姐说。

"我认为莫利拼了命地想要试着表现出很快乐、很享受的样子。她为此特别努力,但这份努力使她疲惫不堪。于是她就莫名其妙地消沉沮丧,心灰意冷。她不太——呃,心智真的不太健全。"

"可怜的孩子,"马普尔小姐说,"确实有这样的人,而通常外人是觉不出来的。"

"是啊,他们装得真不错,不是吗?不过呢,"埃丝特接着说道,"我觉得在这件事里莫利真没什么可担心的。我的意思是说,现如今时常有人死于冠状动脉血栓或者脑出血之类的毛病。至少在我看来可比以前多多了。也就只有食物中毒啊,或者伤寒什么的还能让人焦虑不安。"

"帕尔格雷夫少校从来都没跟我说过他有高血压,"马普尔小姐说,"他跟你说过吗?"

"他跟人这么说过,我不知道具体跟谁,有可能是拉斐尔先生吧。我知道拉斐尔先生所说的正好相反——然而他这人就是那样!杰克森肯定也跟我提过一次。他说少校在喝酒的问题上真该多加小心了。"

"我明白了。"马普尔小姐若有所思地说道。她随后接着说:"我估计你也发现了他是个有点儿烦人的老头儿吧?他讲了一大堆的故事,而我觉得有好多都是重复的。"

"最糟糕的就是这点,"埃丝特说,"除非你能想方设法迅速及时地堵住他的话头,否则你就得一遍又一遍地听同样的故事。"

"当然了,我倒也没有那么介意,"马普尔小姐说,"因为我已经习惯这种情形了。要是有人经常给我讲同样的故事,我还真的不在乎再听一次,反正我也总是会忘记。"

"原来如此啊。"埃丝特说着高兴地笑起来。

"有个故事他特别喜欢讲,"马普尔小姐说,"是关于一件谋杀案的。我估计他给你也讲过这个,对不对?"

埃丝特·沃尔特斯打开她的手提包,开始在里面翻找起来。她从中抽出一支口红说道:"我还以为我把它弄丢了呢。"随后她问:"不好意思,您刚才说什么?"

"我是问帕尔格雷夫少校有没有给你讲过那个他最喜欢的谋杀故事?"

"我记得他讲过,我现在想起来了。好像是说什么人开煤气自杀吧,是不是?其实只是他老婆要用煤气毒死他。她先给他喂了某种镇静药,然后就把他的脑袋塞到了煤气烤箱里。是这个吗?"

"我觉得似乎不是这个。"马普尔小姐说。她若有所思地看着埃丝特·沃尔特斯。

"他讲过那么一大堆故事呢,"埃丝特·沃尔特斯为自己辩解道,"而正如我所说,你并不总是在听。"

"他有一张快照,"马普尔小姐说,"常常拿出来给大家看。"

"我相信他是有……不过我现在记不清是什么快照了。他给您看过吗?"

"没有,"马普尔小姐说,"他没给我看过。我们的谈话被人打断了——"

第九章　普雷斯科特小姐和其他人

"我听到的故事啊……"普雷斯科特小姐一边小心谨慎地看看四周，一边压低了嗓音开口说道。

马普尔小姐把她的椅子拉近了点儿。她花了些工夫才找到机会和普雷斯科特小姐推心置腹一番。这是因为教士们都是些家庭观念非常重的人，所以普雷斯科特小姐几乎总是她哥哥陪在身边，而毫无疑问的是，有生性快活的教士在一旁，马普尔小姐和普雷斯科特小姐想要无拘无束地好好聊上几句就没那么容易了。

"似乎是，"普雷斯科特小姐说道，"当然了，尽管我一点儿都不想在这儿传闲话，而且我也真的是什么都不知道——"

"噢，我太理解了。"马普尔小姐说。

"似乎在他第一任太太还活着的时候就有过一些传言了！表面上看这个叫勒基的女人，瞧瞧这名字！我觉得是他第一任太太的一个表亲，她来这儿和他们待在一起，是要跟他做一些花啊或者蝴蝶啊或者甭管哪方面的工作。而因为他们在一起处得太好了，人们就会有很多议论——你明白我的意思吧。"

"人们还真是很爱留意一些事情，不是吗？"马普尔小姐说。

"当然了,后来当他太太突然死了的时候——"

"她死在这儿,就在这个岛上吗?"

"不,不是,我记得那时候他们是在马提尼克岛或者是多巴哥岛来着。"

"我明白了。"

"不过我从其他一些人那儿听说,医生对这个结果并不是特别满意。那些人当时在场,来这里聊天时说起的。"

"真的啊。"马普尔小姐饶有兴趣地说道。

"也就是些闲言碎语,"当然了,"但是呢……呃,戴森先生肯定是很快就再婚了。"她再次压低了声音,"我觉得也就过了一个月的时间吧。"

"就过了一个月。"马普尔小姐说。

两个女人相互对视着。"似乎有点儿——冷酷无情。"普雷斯科特小姐说。

"是啊,"马普尔小姐说,"确实有点儿。"接着她又敏锐地问了一句:"这里面——涉及钱的事儿吗?"

"我其实也不知道。他老是拿他太太开玩笑,没准儿你也听到过,说她是他的'幸运符'——"

"对,我听他这么说过。"马普尔小姐说。

"有些人觉得这句话的意思是说他很幸运地娶到了一个阔太太。不过当然啦,"普雷斯科特小姐以一种不偏不倚的口吻说道,"她长得也很好看,如果你喜欢这种类型的话。而我认为,真正有钱的是他的第一任太太。"

"那希灵登夫妇有钱吗?"

"嗯,我觉得他们有钱。倒不是说他们特别阔绰,只是说他们有钱。我知道他们有两个儿子在上公学①，在英国还有栋非常别致的住所，冬天的大部分时间里他们都在旅行。"

就在此时教士出现了，他提议去散一小会儿步，普雷斯科特小姐起身跟哥哥一起走了。马普尔小姐仍然坐在原地。

几分钟之后格雷戈里·戴森迈着大步从她身边经过，向着酒店方向走去。他经过的时候兴致高涨地挥了挥手。

"想什么呢。"他大声叫道。

马普尔小姐温和地一笑，心想她要是这么回答他一句他会作何反应：

"我在想你是不是杀人凶手。"

他看上去似乎很有可能就是凶手。所有事情都能如此恰到好处地吻合在一起——这个关于第一任戴森太太死亡的故事——帕尔格雷夫少校肯定说起过一个杀老婆的人，还特别提到了"浴缸里的新娘"。

没错，都能吻合，唯一的问题是吻合得太精确了。但马普尔小姐为这种想法感到自责，她又有什么资格去要求谋杀案都像是量身定做的那样发生呢？

一声呼喊吓了她一跳——那声音有些尖利刺耳。

"看见格瑞格去哪儿了吗，呃……那什么小姐来着——"

马普尔小姐心想，勒基的心情不太好啊。

"他刚刚从这儿经过，往酒店那边去了。"

"我就知道！"勒基怒气冲冲地嚷了一句就疾步走过去了。

"照今天早上这么看，她少说也有四十多了。"马普尔小姐心里想道。

一股怜悯之情油然而生——她为世界上所有那些像勒基这样的人

---

① 英国为贵族及资产阶级子女开设的可以公开招生的独立中等学校，有大学预科性质，学费昂贵。

感到惋惜，她们在时间面前显得如此不堪一击——

这时她听到身后传来一阵嘈杂声，她把椅子转了过去——

拉斐尔先生正被杰克森搀扶着从他的小屋里出来，完成他今天早晨的出场亮相。

杰克森在他身边忙得团团转，把他的雇主在轮椅里安顿好。拉斐尔先生不耐烦地挥挥手让他的仆人走开，杰克森这才朝着酒店的方向走去。

马普尔小姐一秒钟也没耽搁，拉斐尔先生从来不会独自待上很久的，很可能埃丝特·沃尔特斯就要来陪伴他了。马普尔小姐想要单独跟拉斐尔先生说句话，她觉得现在机会来了。她不得不长话短说，避免拐弯抹角。拉斐尔先生不是那种喜欢听老太太唠唠叨叨扯闲篇儿的人。那样的话他很可能会认定自己受到了迫害，从而再次躲回他的小屋里去。马普尔小姐决定开门见山。

她朝他坐的地方走过去，拽过一把椅子坐下来，开口说道：

"我想问您点儿事情，拉斐尔先生。"

"好啊，好啊，"拉斐尔先生说，"说吧。你想要什么——我猜是要捐款吧？是非洲的传教团还是要修缮一座教堂，或者其他这类的事儿？"

"没错，"马普尔小姐说，"我是对好几项那样的事儿感兴趣，如果您愿意给我点儿捐助的话我会不胜感激的。不过这其实并不是我想要问您的事情。我想问的是帕尔格雷夫少校有没有跟您讲过一个关于谋杀的故事。"

"哟，"拉斐尔先生说，"这么说他给你也讲过，是吗？而我猜你完全相信了。"

"我其实并不知道该怎么想，"马普尔小姐说，"他究竟告诉了您什么呢?"

"他就在那儿瞎扯个没完,"拉斐尔先生说,"说什么迷人的尤物啊,卢克雷齐娅·波吉亚①再世重生啊什么的。美貌,年轻,金发,所有溢美之词。"

"哦,"马普尔小姐有些吃惊,"那她把谁杀了呢?"

"当然是她丈夫了,"拉斐尔先生说,"你觉得还能是谁?"

"下毒?"

"不,我想是她喂了他点儿安眠药,接着就把他塞到了煤气炉里。诡计多端的女人。然后她说那是自杀,很轻易地就逃脱了惩罚。减免罪责之类的吧。这就好比现如今,你要是个漂亮女人,或者是个被妈妈过分宠爱的可怜的小流氓,情况也是一样。呸!"

"少校给您看过一张快照吗?"

"什么——那个女人的快照?没有。他干吗要给我看?"

"哦……"马普尔小姐说。

她坐在那里,暗暗有些吃惊。看起来帕尔格雷夫少校不仅把他的时间花在给人们讲述他所射杀的老虎和捕猎的大象上,同时也花在讲述他所遇见过的杀人凶手上。说不定他肚子里有一整套谋杀故事呢。你不得不承认——突然间,拉斐尔先生大吼了一声"杰克森!",这吓了她一大跳,不过并没有人回应。

"我帮您去找找他。"马普尔小姐说着站了起来。

"你找不着他的。指不定在哪儿跟女人鬼混呢,他就爱干这种事儿。那家伙不怎么样。是个人渣。不过他对我来说倒挺适合的。"

---

① 卢克雷齐娅·波吉亚(1480—1519),罗马教皇亚历山大六世的私生女,是一位以美貌著称的金发美女,而且颇具才气,是欧洲文艺复兴时期的幕后支持者之一,但其家族后来成了冷酷无情的权谋政治和性腐败的缩影,她本人也被渲染成一个美艳放荡的蛇蝎美人。

"我去找找他。"马普尔小姐说。

马普尔小姐发现杰克森正坐在酒店露台的另一端跟蒂姆·肯德尔小酌。

"拉斐尔先生在找你呢。"她说道。

杰克森做了个意味深长的鬼脸,干了他的酒,随后站起身来。

"又来了,"他说,"一刻不得安宁啊——打两个电话,叫一份专属配餐——我还以为这能让我消停一刻钟呢,显然连门儿都没有!谢谢您,马普尔小姐。谢谢这酒,肯德尔先生。"

他大踏步地离开了。

"我挺同情那小伙子的,"蒂姆说,"我只能时不时地请他喝上一杯,就是为了能让他高兴高兴。用我给您弄点儿什么吗,马普尔小姐?鲜青柠汁怎么样?我知道您喜欢喝那个。"

"这会儿不用,谢谢您。我想,照顾一个像拉斐尔先生那样的人肯定总是相当费劲。身上有病的人常常很难——"

"我指的可不只是这个——这份差事的报酬极其丰厚,相应的你就得能够忍受各种反复无常,阴晴不定——老拉斐尔其实人并不坏。我其实还想说的是——"他迟疑了一下。

马普尔小姐给予探寻的眼神。

"呃……我该怎么说呢……他的社会地位很尴尬。人们都太他妈势利了——在这地方没有一个跟他同一阶层的人。他的身份比一般仆人要高一些,而又比普通的游客要低,至少他们是这么认为的。跟维多利亚时期的家庭女教师差不多。就连那个女秘书沃尔特斯太太——她也自认为高他一等。这就使得情况非常别扭。"蒂姆顿了一下,随后又感慨地说道,"像这种地方,社会问题还真是多得可怕啊。"

格雷姆医生从他们身边经过,手里还拿着一本书。他走过去,在一张能够俯瞰大海的桌边坐了下来。

"格雷姆医生看上去挺闷闷不乐的。"马普尔小姐议论道。

"噢！我们全都闷闷不乐。"

"您也是？因为帕尔格雷夫少校的死？"

"我已经不为那件事发愁了。人们似乎已经忘记——轻而易举地就忘在脑后了。不……我担心的是我太太……莫利……您对于做梦的事儿有所了解吗？"

"做梦？"马普尔小姐有些惊讶。

"对。不好的梦，噩梦，我觉得是吧。噢，有时候我们大家都会做这种梦。可是莫利她——她好像几乎一直都在做噩梦，把她吓坏了。对于这种情况能有什么办法吗？就这么听之任之？她倒是吃过一些安眠药，不过她说吃完以后更糟糕了——她拼了命地想醒过来，但就是不行。"

"都是些什么梦啊？"

"噢，比如说有什么东西或者什么人在追她——或者在暗中监视她，窥探她。她就算清醒的时候也摆脱不掉这种感觉。"

"医生想必能——"

"她向来跟医生不对付。甚至都不愿意听人提起，唉，算了吧，我相信这一切都会过去的，但是我们以前有多幸福啊。生活是那么有滋有味，而现在呢，就从最近开始，或许是老帕尔格雷夫的死让她烦心意乱了吧。她就像变了一个人似的，自从……"

他站了起来。

"必须得去干那些日常的杂务喽！您确定您不想来点儿鲜青柠汁吗？"

马普尔小姐摇了摇头。

她坐在那里思索着，面色严肃而忧虑。

她扫了一眼格雷姆医生。

随即她拿定主意。

她站起身来，朝着他那张桌子走了过去。

"我必须得跟您道个歉，格雷姆医生。"她说。

"哦？"医生亲切地看着她，显得有些惊讶。他拉过一把椅子，她坐了下来。

"恐怕我做了一件最最可耻的事情，"马普尔小姐说道，"我故意跟您撒了个谎，格雷姆医生。"

她看着他，脸上挂着几分担忧。

格雷姆医生看起来倒没有特别震惊，只是有些意外。

"是吗？"他说，"那好吧，您可千万别太把这件事儿放在心上。"

他心里纳闷，这个可亲的老太太到底是说了什么谎呢；关于她的年龄吗？但他不记得她提到过她的年龄啊。"嗯，说来给我听听吧。"他说，因为很显然她想要坦白。

"您还记得我跟您说起过一张我侄子的快照吧，就是我拿给帕尔格雷夫少校看，而他却没还给我的那张？"

"没错，没错，我当然记得。真抱歉我们没能替您找回来。"

"其实根本没有这么回事。"马普尔小姐有点儿害怕地小声说道。

"您说什么？"

"没有那回事。我恐怕得说，那故事是我编的。"

"是您编的？"格雷姆医生看上去有几分恼怒，"为什么？"

马普尔小姐向他道出了原委。她讲得十分清楚，没有一句废话。她告诉了他帕尔格雷夫少校说起的那个谋杀故事，还有当时少校是如何正打算要给她看那张特殊的快照，以及他又是如何在突然之间变得有点儿惊慌失措,而接下来她就开始感到焦虑不安,于是最终下定决心无论如何要想方设法看一眼那张照片。

"而且说真的,我实在想不出除了跟您撒个谎之外,还有什么其他的办法能达到这个目的,"她说,"我真心希望您能够原谅我。"

"您是觉得他当时要给您看的是一张杀人凶手的照片吗?"

"他是这么说的,"马普尔小姐说道,"至少他说那是给他讲这个杀人凶手故事的熟人给他的。"

"嗯,嗯。那么,恕我直言,您相信他了?"

"我并不知道我那个时候究竟该不该真的相信他,"马普尔小姐说,"不过后来您也知道,第二天他就死了。"

"是啊。"格雷姆医生说,这句明白无误的话突然触动了他。第二天他就死了……

"而那张快照也无影无踪了。"

格雷姆医生看着她,一时不知该说什么才好。

"对不起,马普尔小姐,"他最终开口道,"那您现在告诉我的这些——都是真的吗?"

"您不相信我的话我一点儿都不惊讶,"马普尔小姐说,"换做是我,我也会如此。没错,我刚才告诉您的这些都是千真万确的,不过我也很清楚您现在只有我的一面之词。就算您不相信我,我也仍然觉得应该告诉您。"

"为什么呢?"

"我认为您应该尽可能掌握最全面的信息——万一……"

"万一什么?"

"万一您决定要采取点儿什么行动呢。"

第十章　在詹姆斯敦做出的决定

格雷姆医生坐在詹姆斯敦的行政长官办公室的一张桌边，对面是他的朋友达文特里，一名三十五岁、不苟言笑的年轻男子。

"你在电话里听起来神神秘秘的，格雷姆，"达文特里说，"有什么特殊情况吗？"

"我也说不好，"格雷姆医生说，"不过我有点儿担心。"

达文特里望着对方的脸，在饮料被端进来的时候点了点头。他蜻蜓点水般地说了几句关于他最近所做的一项调查取证。接着，等到仆人出去之后，他往椅背上一靠，看着对方。

"行啦，"他说，"说来听听吧。"

格雷姆医生细述了一遍那些令他忧心的情况，听完之后达文特里缓缓地吹了一声长长的口哨。

"我明白了。你是觉得老帕尔格雷夫的死或许会有什么蹊跷？你现在也不敢确定这只是一起自然死亡？是谁出具的死亡证明？我想是罗伯逊。他没起一点儿疑心，对吗？"

"没有，不过我想他在开证明的时候或许是受到了卫生间里那瓶塞伦奈特的影响。他问我帕尔格雷夫有没有提到过他有高血压的事，我说没有,我从来没跟他聊过医学方面的话题,不过很显然这些话他跟酒店里的其他人说起过。整件事——包括那瓶药,以及帕尔格雷夫跟别人说过的话——都刚好能对上,也就不可能有什么理由再去怀疑其他的事情了。这是个无比自然的推断,只是我现在觉得它也许并不正确。如果由我来开死亡证明的话,我也会不假思索地出具。各种迹象都十分符合导致他死亡的原因。要不是因为那张快照莫名其妙地消失不见,我压根儿都不会再去想这件事……"

"不过你看啊,格雷姆,"达文特里说,"恕我直言,你是不是有点儿过于相信一个老太太所讲述的异想天开的故事了呢?你也知道这些老太太是个什么样子。她们会把一些细枝末节夸大,最后编出一整个故事来。"

"是啊,我知道,"格雷姆医生有些不悦地说道,"这个我懂。我考虑过有可能是这种情况,或许其实就是这么回事儿。不过我没法说服我自己。她讲得真的是太清楚、太详尽了。"

"整件事情在我看来就是牵强附会,"达文特里说,"某个老太太讲了个故事,说的是一张本不该出现在那儿的快照——不对,我把自己也绕进去了——我想说的正相反,其实你唯一必须接受的事实就是一个女服务员说过,那瓶被当局作为证据的药在少校死亡的前一天并不在他的房间里。可是对于这件事可以找出上百种解释啊。也许那些药他通常都是随身放在衣服口袋里呢。"

"我想是有这种可能,没错。"

"或许还可能是那个女服务员自己搞错了,她只不过以前从来没有注意过而已——"

"这个也有可能。"

"所以说嘛。"

格雷姆慢吞吞地说道：

"那姑娘非常确信。"

"好吧，圣奥诺雷的人都很容易兴奋。你也知道？想让他们沉不住气简直轻而易举。你认为她知道的事情——比她所说的还要多一点儿？"

"我觉得或许是这样。"格雷姆医生慢条斯理地说。

"如果真是这样，你最好试着从她嘴里问清楚。我们可不想无中生有、小题大做，除非我们手里有了什么确凿的证据。假如他不是死于高血压，那你觉得他是怎么死的？"

"现如今可能的原因太多了。"格雷姆医生说。

"你是指那些不会留下什么蛛丝马迹的东西吗？"

"不是说每个人，"格雷姆医生干巴巴地说道，"都能想到用砒霜。"

"咱们得把话说清楚了，你这是在暗示什么呢？那瓶药是用来和真药调包的？而帕尔格雷夫少校就是这样被毒死的吗？"

"不，不是这样的。这是那个姑娘——叫维多利亚还是什么的姑娘心里想的——不过她完全搞错了，如果有人下决心要除掉少校——迅速除掉的话——就会给他服下什么，十有八九是放在某种酒水里面。然后为了让这一切显得像是一起自然死亡，凶手再把一瓶降压药放在他房间里，接着再散布他有高血压的流言。"

"是谁散布的流言？"

"我已经试着去找了，不过没找到——这件事做得太聪明了。甲说'我觉得是乙告诉我的'。而乙呢，被问起来就会说'不，我没这么说过，但我的确记得丙有一天提到过'。丙又会说'好多人说起过这件事呢——我记着其中就有甲'。然后就这么绕回来了。"

"有个人很狡猾？"

"没错。死讯一传出,大家似乎就都在谈论少校的高血压,而且都是在重复别人说过的话。"

"这事儿干吗就不能做得简单一点儿,直接毒死他,然后爱怎么着怎么着呢?"

"那不行。那样就意味着可能会有调查,或许还会有尸检。而现在呢,医生会接受这起死亡并且出具证明——正如实际所做的那样。"

"那你想让我干什么呢?去刑事调查局吗?建议他们把那家伙再挖出来?那样可就会闹得满城风雨了——"

"这件事也可以不那么大张旗鼓。"

"可能吗?在圣奥诺雷?你再想想吧!事儿还没开始干呢,小道消息就已经满天飞了。不过不管怎么说,"达文特里叹了口气——"我想我们还是得做点儿什么。但你要是问我的话,这全都是瞎折腾!"

"我也真心实意地希望是瞎折腾。"格雷姆医生说。

第十一章 金棕榈酒店的傍晚

1

莫利重新布置了一下餐厅里几张餐桌上的装饰，拿走一把多余的刀，摆正了一把叉子，又重新放好一两个玻璃杯，接着退后一步看了看效果，然后走出去，来到外面的露台上。此时此刻周围一个人都没有，她信步走到远端的角落，在栏杆边站定。用不了多久，又一个夜晚就要降临了。闲聊，谈话，喝酒，一切都如此快活，无忧无虑，直到几天之前，这种生活还是她所渴望并且陶醉于其中的。而现在就连蒂姆似乎也忧心忡忡愁眉不展了。或许他有点儿担心是很自然的事情。重要的是他们的这次冒险应该获得成功。毕竟，他已经孤注一掷，倾其所有了。

但是，莫利心想，让他发愁的其实并不是那件事情。而是我。不过我不明白，莫利对自己说，他为什么要为我担心。因为他的确是在为我担心。这一点她心知肚明。他问的那些问题，还有他时不时向她投来的那紧张的一瞥。"可是为什么呀？"莫利心想，"我一直都非常小心啊。"她在心里琢磨着这些事，但实在弄不明白。她想不起来这是从何时开始的,甚至都不确定这究竟是怎么回事。她已经开始害怕起人来了。她也不知道为什么。他们能对她怎么样呢?他们又可能想要把她怎么样呢?

她点点头,接着就吓了一大跳,因为有一只手碰了碰她的胳膊。她转过身来发现是格雷戈里·戴森,他也略微有些吃惊,看上去一脸歉意。

"真对不起。我吓着你了吧,小姑娘?"

莫利讨厌别人叫她"小姑娘"。她连忙欢快地说道:"我没听见您过来,戴森先生,所以吓了我一跳。"

"戴森先生?我们今天晚上很正经嘛。在这儿我们大家难道不是一个快乐的大家庭吗?埃德①、我、勒基、伊夫林,还有你、蒂姆、埃丝特·沃尔特斯和老拉斐尔。我们大家伙儿是个幸福的家庭啊。"

"他已经喝过头了。"莫利心想。她冲他愉快地微微一笑。

"噢!我有时候会让人觉得我是个严肃的老板娘吧,"她轻快地说道,"蒂姆和我觉得还是别老直呼人家教名的好,这样显得更有礼貌。"

"嗯!我们可不想要那些摆架子的虚礼。来吧,亲爱的莫利,跟我喝一杯。"

"晚点儿再说吧,"莫利说,"我还有事儿要忙呢。"

"那你也别跑,"他用胳膊紧紧缠住了她的胳膊,"你是个可爱的姑娘,莫利。我希望蒂姆能意识到他多有福气。"

"噢,我确定他已经意识到了。"莫利高兴地说道。

"你知道吗,我会迷上你的,彻底迷上。"他挑逗似的看着她,"但可不能让我老婆听见我这么说。"

---

① 爱德华的昵称。

"你们今天下午玩儿得开心吗?"

"我觉得还好吧。有句话别跟别人说啊,我有时候觉得有点儿厌烦。你总是会对那些鸟啊蝴蝶啊什么的感到厌倦的。哪天就你我两人来一次小小的野餐怎么样?"

"那我们还真得好好计划一番,"莫利兴高采烈地说道,"我期盼着这一天。"

她轻笑了一声之后便逃开了,再一次回到酒吧之中。

"嘿,莫利,"蒂姆说,"你看起来很匆忙啊。刚才在外面跟谁一块儿来着?"

他向外看去。

"格雷戈里·戴森。"

"他想干吗?"

"跟我献殷勤呗。"莫利说。

"让他死了这份儿心吧。"蒂姆说。

"别担心,"莫利说,"必要的时候我会给他点儿颜色瞧瞧的。"

蒂姆正准备接她的话,却看见了费尔南多,于是便朝他走了过去,大声吩咐起来。莫利则从厨房门溜了出去,走下台阶,直奔海滩。

格雷戈里·戴森低声咒骂了几句。随后他缓步朝自己的小屋方向走去。快要走到的时候,他听见有个从一片灌木丛的阴影之中传来的声音在喊他。他扭过头去,吓了一跳。在逐渐降临的夜幕之下,有那么一刻他以为看见了一个幽灵站在那里。接着他大笑起来。那身影乍一看就像个无脸的鬼魂,但其实是因为那身衣服虽是白色的,脸却是黑黢黢的。

维多利亚从灌木丛中走出来,来到小路上。

"戴森先生,能请您留步吗?"

"好啊。怎么了？"

由于对自己被吓到感觉有点儿难为情，他说话的语气多多少少带着些不耐烦。

"我把这个给您带来了，先生。"她伸出手来，手里是一瓶药，"这个是您的，对不对？嗯？"

"哦，是我那瓶塞伦奈特。没错，当然是我的。你在哪儿找到的？"

"就在它放着的地方。在那位先生的房间里。"

"你这话什么意思——在那位先生的房间里？"

"死了的那位先生，"她严肃地补充道，"我觉得他就是到了坟墓里也不会瞑目的。"

"为什么死不瞑目啊？"戴森问道。

维多利亚站在那里看着他。

"我还是不明白你到底在说什么。你的意思是你是在帕尔格雷夫少校的小屋里找到这瓶药的？"

"就是这意思，没错。在医生和詹姆斯敦来的人走了以后，他们把他卫生间里的所有东西都交给了我，让我扔掉。有牙膏，有洗浴用品，还有各种各样其他的东西——也包括这个。"

"哦，那你为什么没把它也扔掉呢？"

"因为这些药是您的啊。您把它们弄丢了。您问过我，还记得吗？"

"对啊……哎……没错，我是问过。我……我还以为是我把它们放错地方了呢。"

"不，您没放错地方。有人从您屋子里把它们拿走，然后放在了帕尔格雷夫少校的屋子里。"

"你是怎么知道的?"他粗声大气地说道。

"我知道。我看见了。"她冲他微微一笑,一口白牙一闪而过,"有人把它们放在了死去的那位先生的房间里。现在我把它们还给您。"

"哎——等等。你这话什么意思啊?你看见什么——看见谁了呀?"

她急匆匆地跑开了,身形又隐入灌木丛的阴影之中。格瑞格做出一副要追上去的样子,随后又停了下来。他站在那里轻抚着下巴。

"出什么事儿了,格瑞格?看见鬼啦?"戴森太太边问边从他们的小屋那边沿着小径走过来。

"有那么一阵儿我还真觉得是。"

"你刚刚在和谁说话?"

"给咱们收拾房间的那个黑妞儿。她名字是叫维多利亚吧,是不是?"

"她想干吗?要勾引你啊?"

"别犯傻了,勒基。那姑娘脑子里钻进了个愚蠢的想法。"

"什么想法啊?"

"你还记得那天我找不着我的塞伦奈特了吗?"

"你是说你找不到了。"

"什么叫'我说我找不到了'呀?"

"噢,真活见鬼了,你就非得每句话都跟我抬杠吗?"

"对不起,"格瑞格说,"每个人都他妈神神秘秘的。"他伸出手去,手里是那个药瓶,"那姑娘把这些药还给了我。"

"是她偷的?"

"不是。她——是在什么地方找着的,我觉得。"

"好啊,那又怎么样?这有什么可神神秘秘的?"

"哦，没什么，"格瑞格说，"她就是惹我生气了，仅此而已。"

"我说，格瑞格，这都是什么乱七八糟的？晚饭前你还是先跟我一起去喝一杯吧。"

2

莫利已经来到了海滩上。她拉过一把旧柳条椅，那把椅子已经摇摇欲坠，很少有人坐了。她在椅子上坐了一会儿，看着大海，接着突然把脸埋在双手之中痛哭起来。她坐在那里纵情呜咽了一阵子，随后听见身旁响起窸窸窣窣的声音，她猛地抬头一看，发现是希灵登太太正低头看着她。

"嗨，伊夫林，我没听见你过来。我——真抱歉。"

"怎么了，孩子？"伊夫林说，"出什么岔子了吗？"她又拉过一把椅子坐了下来。"跟我说说。"

"没出什么岔子，"莫利说，"什么事儿都没有。"

"肯定有事儿。你才不会坐在这儿无缘无故地哭呢。能告诉我吗？是不是——你跟蒂姆吵架了？"

"噢，不是的。"

"那就好。你们看起来总是很幸福的样子。"

"比不上你们啊，"莫利说，"蒂姆和我总是觉得你和爱德华结婚都那么多年了，还是那么快乐，这有多好啊。"

"噢，还说呢。"伊夫林说。她说这句话的时候语中带刺，但莫利几乎没有察觉。

"人们总是拌嘴，"她说，"各种吵翻天。就算他们彼此那么喜欢，似乎也还是要吵,丝毫都不在乎是不是在大庭广众之下。"

"有些人就喜欢那么活着,"伊夫林说,"其实这也说明不了什么。"

"嗯,我觉得那样挺可怕的。"莫利说。

"我觉得也是,真的。"伊夫林说。

"不过看到你跟爱德华——"

"唉,说这些没用,莫利。我不能让你继续那么想。爱德华和我——"她顿了一下,"如果你想听真话的话,实际上在过去三年当中,我们私下里几乎一句话都没说过。"

"什么!"莫利愕然地死死盯着她,"我——我简直没法相信。"

"哦,我们两个人演得都挺好的,"伊夫林说,"我们都不是那种喜欢当着别人面大吵大闹的人。而且说到底,其实也真没什么可吵的。"

"可究竟出了什么问题啊?"莫利问道。

"也就是那点儿事儿吧。"

"什么叫那点儿事儿啊?你的意思是另有——"

"没错,这里面还有另一个女人,而且我想对你来说猜出那个女人是谁应该也不难。"

"你是说戴森太太——勒基?"

伊夫林点点头。

"我知道他们总是在一起打情骂俏,"莫利说,"但我还以为那只不过是……"

"只不过是兴之所至?"伊夫林说,"背后就什么事都没有?"

"但为什么——"莫利哽住了,随后又想换个说法,"但你就没有……噢,我是说,唉,我想我可能不该问。"

"想问什么就问吧,"伊夫林说,"我已经厌倦了永远都一言不发,厌倦了做一个有教养的快乐妻子。爱德华对勒基算是彻底昏了头了。

他可真够蠢的，竟然跑来跟我说这件事。我猜那样可能会让他觉得好受一些。诚实。值得尊敬。诸如此类的吧。可他没意识到那样可能并不会让我觉得更舒服。"

"那他想要离开你吗？"

伊夫林摇了摇头。"你也知道，我们有两个孩子，"她说，"我们两个人都深爱着孩子们。他们在英国上学。我们不想拆散这个家。而且当然啦，勒基也不想离婚。格瑞格很有钱。他的第一任妻子留下了一大笔钱。所以我们同意互不相扰——爱德华和勒基继续高高兴兴地伤风败俗，格瑞格幸福地蒙在鼓里，而爱德华和我则只是好朋友而已。"她的语气中满是灼热的苦涩。

"你怎么……怎么能忍受这些呢？"

"人能习惯任何事儿。不过有时候——"

"怎么？"莫利说。

"有时候我真想杀了那个女人。"

她声音背后的那种盛怒令莫利感到骇然。

"咱们别再说我的事儿了，"伊夫林说，"说说你吧。我想知道出什么事儿了。"

莫利沉吟半晌，随后说道："只是——只是我觉得我有什么地方不对劲。"

"不对劲？这是什么意思？"

莫利怏怏不乐地摇摇头。"我感到害怕，"她说，"害怕极了。"

"害怕什么呢？"

"什么都怕，"莫利说，"恐惧——在我身上愈演愈烈。灌木丛中的响动，脚步声——或者是别人说的话。就好像有人无时无刻不在监视我、窥探我似的。有人恨我。我一直都有这种感觉。有人恨我。"

"我亲爱的孩子啊！"伊夫林感到很震惊，"这种情况有多久了？"

"我也不知道。它是逐渐出现——逐渐开始的。同时还伴随其他的情况。"

"什么情况？"

"有些时候，"莫利缓缓说道，"不知怎么回事，我会什么都记不起来。"

"你是说就跟断片了似的——这一类的情况？"

"算是吧。我是想说有时候——哦，好比说现在五点，而我却死活想不起来一点半或者两点之后发生的事情。"

"噢，亲爱的，但这有可能只是因为你那会儿睡着了呀，打了个盹儿。"

"不，"莫利说，"根本不是那么回事儿。因为你要知道，到最后我似乎并没有打过盹儿。我会身处另一个不同的地方。有时候我会穿着不一样的衣服，有时候我似乎在做着什么事情——甚至于还在跟人说话，和别人谈着什么，却又想不起来自己干过这些。"

伊夫林一脸错愕："可是莫利，我亲爱的，如果真是这样的话，那你应该去看看医生啊。"

"我才不要去看医生呢！我不想去。我连靠近医生都不愿意。"

伊夫林用锐利的目光俯视着她的脸，然后把这个姑娘的手握在了自己手中。

"你没准儿是在自己吓自己，莫利。你知道吗，有各种各样的神经系统紊乱，其实根本就没有那么严重。医生很快就会打消你的疑虑。"

"也许不能。也许他会说我真的有什么毛病呢。"

"你为什么会有毛病啊？"

"因为……"莫利话到嘴边又咽了回去，"没什么原因，我想。"

"你家里人就不能——你家里有没有人，妈妈或者姐妹或者什么人能到这儿来呢？"

"我跟我母亲相处得不好，从来就没好过。我有姐妹。她们都成家了，但我想——我想假如我要她们来的话她们会过来。只是我并不想让她们来。我什么人都不想要——除了蒂姆之外任何人都不要。"

"蒂姆知不知道这些情况啊？你告诉过他吗？"

"其实还没有，"莫利说，"不过他很为我担心，也很留意我。就好像他想要设法——设法帮助我或者保护我。可如果他真这么做，那也就意味着我需要保护，不是吗？"

"我觉得这里面很多都是出于你的胡思乱想，不过我还是认为你该去看看医生。"

"老格雷姆医生？他帮不了我什么。"

"岛上还有其他的医生呢。"

"没事儿了，真的，"莫利说，"我只要——绝对不去想它就是了。我希望就像你说的那样，这些全都是我的胡思乱想。天哪，居然这么晚了。我现在应该在餐厅里当班才对。我——我必须得回去了。"

她犀利地盯着伊夫林·希灵登，几乎带着点儿冒犯，随后便匆匆地跑开了。伊夫林久久凝视着她的背影。

第十二章　阴魂不散

1

"我觉得我已经抓住要害了,老兄。"

"你在说什么啊,维多利亚?"

"我觉得我抓住要害了。这或许意味着钱。一大笔钱呢。"

"听我说,姑娘,你得小心点儿,你可别把自己搅和到什么事情里去。或许最好还是让我去应付这件事吧。"

维多利亚笑出声来,那是一种发自内心的心满意足的轻笑。

"你就等着瞧吧,"她说,"我知道怎么打好这手牌。这是钱,哥们儿,一大笔钱啊。有些事情是我看到的,而有些事情是我猜的。我觉得我猜中了。"

夜色中又一次传出了那种温婉、满意的轻笑声。

2

"伊夫林……"

"怎么了?"

伊夫林·希灵登机械地答应着,丝毫提不起兴趣。她并没有抬眼看她的丈夫。

"伊夫林,要是我们抛弃所有这一切,回到英国,你会介意吗?"

她刚刚正在梳理那一头黑色的短发。此时她的手猛然从头上滑落下来。她朝他转过身去。

"你是说——可我们才刚来啊。我们到岛上还不及三个星期呢。"

"我知道。但是……你介意吗?"

她难以置信地上下打量着他。

"你是真的想要回英国去? 回家?"

"是的。"

"离开——勒基?"

他的脸不由得抽搐了一下。

"我猜你一直都知道,知道——我们俩的事儿?"

"是啊。一清二楚。"

"你从来都没说过什么。"

"我为什么要说呢? 咱们在好多年以前就已经把话说明白了。咱俩谁都不想撕破脸。于是我们都同意各走各的路——只是当着别人的面还要继续演下去。"还没容他开口,她又接着说道,"可你现在为什么又铁了心要回英国呢?"

"我已经到了忍耐的极限。我再也坚持不下去了,伊夫林。我坚持不了了。"安静下来的爱德华·希灵登就像变了个人似的。他的双手在颤抖，他在强忍着什么，他那张平静而不带任何感情色彩的脸似乎也因为痛苦而扭曲起来。

"我的老天啊，爱德华，出什么事儿了？"

"什么事儿都没有，就是我想躲开这儿——"

"你以前疯狂地爱着勒基，而现在过了这劲儿。你要告诉我的是这个吗？"

"是啊。我猜你再也找不回从前那种感觉了。"

"噢，咱们现在先别说这个！我想弄明白究竟是什么事情让你如此心烦意乱，爱德华。"

"我并没有特别心烦意乱。"

"可你就是心烦意乱。为什么？"

"这不是明摆着吗？"

"不，不是，"伊夫林说，"我们还是打开天窗说亮话吧。你跟一个女人搞出了风流韵事。这种事情并不罕见。而现在这件事过去了。要么就是还没完？或许从她那方面来说就是还没完。是这么回事儿吗？格瑞格知道这些吗？我一直都想弄明白。"

"我不知道，"爱德华说，"他从来没说过什么。他看上去总是那么友善可亲。"

"男人们要是愚钝起来挡挡不住，"伊夫林若有所思地说道，"要不然——保不齐格瑞格自己也另有新欢了呢！"

"他也勾引过你，不是吗？"爱德华说，"回答我——我知道他曾经——"

"哦，没错，"伊夫林漫不经心地说道，"不过他跟谁都调情。格瑞格就那样儿。我觉得这其实说明不了什么问题。这只不过是格瑞格用来展示他男人气概的一种方式罢了。"

"你喜欢他吗,伊夫林?我宁可听你说实话。"

"格瑞格吗?我挺喜欢他的呀——他能逗我笑,算是个好朋友吧。"

"就这么简单?但愿我能相信你。"

"我真不明白这跟你有什么关系。"伊夫林冷冷地说。

"我想我这是罪有应得吧。"

伊夫林走到窗边,目光越过窗外的游廊,随后又走了回来。

"我希望你能告诉我到底是什么让你乱了方寸,爱德华。"

"我已经告诉过你了。"

"我还是不明白。"

"我猜你可能没法理解,当你跳脱出来之后,那种一时的狂热于你而言是多么不同寻常。"

"我想我可以试试。不过眼下最让我担心的是,勒基似乎已经用某种方法把你攥在了手心里。她可不仅仅是个被人甩了的情妇。她是只长着利爪的母老虎。你必须得跟我说实话,爱德华。如果你想要让我站在你这边的话,这是唯一的办法。"

爱德华低声说道:"假如我不马上摆脱她的话——我会杀了她的。"

"杀了勒基?为什么啊?"

"因为她让我干的事儿……"

"她让你干什么了?"

"我帮她杀了个人——"

话已经说出口,接着是一阵沉默,伊夫林凝望着他。

"你知道你在说什么吗?"

"知道。以前我并不清楚我是在干杀人的勾当。她让我去给她弄点儿东西——去药店。我不知道——我完全不明白她要这些东西干吗用。她让我把她手里的一张处方抄了下来……"

"这是什么时候的事儿?"

"四年以前。那时候我们在马提尼克岛。也就是……也就是格瑞格的妻子——"

"你是说格瑞格的第一任妻子——盖尔?你的意思是勒基毒死了她?"

"是的,而且我帮了她的忙。当我意识到——"

伊夫林打断了他。

"当你意识到发生了什么的时候,勒基就向你指出是你抄了那张处方,是你买了那些药,这件事你和她都有份儿?是这么回事儿吗?"

"没错。她说她这么做是出于同情——盖尔当时饱受折磨,她恳求勒基,让她彻底解脱。"

"安乐死!我明白了。那你相信吗?"

爱德华·希灵登沉默了片刻,随后说道:

"不,其实我不相信,内心深处就不相信。我接受这种说辞是因为我想相信,因为我对勒基神魂颠倒。"

"那后来呢——她嫁给格瑞格的时候,你依然相信吗?"

"到了那时候我是在让自己相信。"

"那格瑞格呢,对这件事情他又知道多少呢?"

"一无所知。"

"这简直让人难以置信!"

爱德华·希灵登突然爆发出来——

"伊夫林,我必须得从这一切当中解脱出来!那个女人还在拿我做过的事情嘲弄奚落我。她知道我不再喜欢她了。喜欢她?我早就已经开始恨她了。只是她让我觉得我跟她是一条绳上的蚂蚱,就因为我们一起做过的那件事——"

伊夫林在房间里踱来踱去，接着她停下脚步，面对着他。

"爱德华，你全部的麻烦就在于你敏感得可笑——同时耳根子还出奇得软。那个魔鬼般的女人正是利用了你的负罪感，对你予取予求。而我要用《圣经》上最直白的话来告诉你，压在你心头的罪孽是通奸带来的内疚，不是谋杀——你因为和勒基之间的私通而内心深受煎熬，而她却把你当成了她实现谋杀计划的工具，还设法让你觉得你跟她一样有罪。但你并没有。"

"伊夫林……"他朝她走过去。

她往后退了一下，仔细地打量着他。

"这都是真的吗，爱德华，是吗？还是说都是你编的？"

"伊夫林！我干吗要编这些事情啊？"

"我不知道，"伊夫林·希灵登缓缓地说道，"或许只是……因为我发现很难再去信任——任何人。而且还因为……哦！我也不知道。我想，我有点儿分不清听到的话哪句是真哪句是假。"

"那就让我们把这一切都抛开——回英国，回家去吧。"

"好，我们回去，但不是现在。"

"为什么不是现在？"

"我们必须还得像平常一样——就目前来说。这一点很重要。你明白吗，爱德华？别让勒基察觉到我们想干什么——"

第十三章　维多利亚·约翰逊退场

这个夜晚的娱乐活动即将结束。钢鼓乐队也终于不再那么卖力演奏。蒂姆站在餐厅旁边,扫视着露台。有几张桌子周围已经空无一人,他把上面的那几盏灯都关掉了。

一个声音在他身后响起:"蒂姆,我能跟你说几句话吗?"

蒂姆·肯德尔吓了一跳。

"嘿,伊夫林,有什么我能为你效劳的吗?"

伊夫林环顾了一下四周。

"到这张桌子来吧,咱们小坐一会儿。"

她走在前面,来到露台尽头的一张桌子跟前。他们身边一个人都没有。

"蒂姆,你得原谅我来跟你说这些,但我很担心莫利。"

他的脸立刻变了颜色。

"莫利怎么了?"他颇不自然地说道。

"我觉得她的状况不是很好。她看起来有些心烦意乱。"

"就是最近,似乎很多事儿都特别容易让她烦心。"

"我认为她该去看看医生。"

"是,我明白,但她不想去。她讨厌看医生。"

"为什么呢?"

"啊?你什么意思?"

"我问为什么?为什么她会讨厌看医生?"

"呃,"蒂姆有些闪烁其词地说,"你也知道,人有时候是会那样。那——呃,那会让他们担惊受怕。"

"你也替她担心呢,不是吗,蒂姆?"

"是。没错,我是挺担心的。"

"她家里人就没有谁能来这儿陪陪她吗?"

"没有。而且那样只会让事情变得更糟,糟糕得多。"

"到底有什么问题——我指的是她家里?"

"噢,也就是那点事儿。我猜她只是精神太紧张了,同时,她跟他们处得也不太好——尤其是跟她母亲。她从来都处不好。他们——他们家从某些方面来说也挺奇怪的,于是她就从家里脱离出来了。我觉得这件事她做得挺对。"

伊夫林迟疑地说道:"从她跟我说的话来看,她似乎有时候会失忆,而且还害怕人。这几乎就像是有被害妄想症似的。"

"可别这么说,"蒂姆恼怒地说道,"被害妄想症!大家总是拿这个来说别人。就因为她……呃……或许她是有点儿爱紧张。大老远跑到西印度群岛来。周围都是黑色的面孔。你知道,人们有时候对于西印度群岛以及有色人种就是会觉得怪怪的。"

"可像莫利这样的姑娘肯定不会吧?"

"噢,咱们怎么能知道别人都怕什么呢?有些人不能跟猫待在一个房间里。还有些人身上要是掉条毛毛虫都会晕过去。"

"我也不喜欢这么说,不过你不觉得或许她应该去看看——嗯,精神科医生吗？"

"不！"蒂姆一声断喝，"我才不想让那种人拿她来胡闹呢。我信不过他们。他们只会把人变得更糟糕。要是她母亲没去找精神科医生的话……"

"这么说她家里确实是有那类问题喽，对吗？我是说有——"她谨慎地选择着字眼，"精神不稳定的病史。"

"我不想说这件事了——我把她从这一切当中拯救出来，她好好的，什么问题都没有。她最近只是处在一种精神紧张的状态之下……但这些并不是来自遗传。这个大家现在都懂。这种观念已经站不住脚了。莫利的脑子百分之百清醒。只不过是——哦！我相信所有这些都是从倒霉的老帕尔格雷夫的死开始的。"

"我明白了，"伊夫林若有所思地说道，"不过帕尔格雷夫少校死亡这件事里其实并没有什么可让人烦心的啊，对吗？"

"对，当然没有。但有人突然间死了总还算得上是一种打击吧。"

他看上去如此绝望，让伊夫林都于心不忍。她把手搭在他的胳膊上。

"好吧，我希望你知道自己在做什么，蒂姆，但如果我能帮上什么忙的话——我是说如果我能陪莫利去趟纽约——我可以陪她坐飞机过去，或者到迈阿密，或者到什么她能够得到真正一流的医疗咨询的地方去。"

"真是太感谢你了，伊夫林，不过莫利什么问题都没有。不管怎么样，她正在慢慢恢复过来。"

伊夫林心存疑虑地摇了摇头。她慢慢转过身，沿着露台的方向看过去。这时候，大多数人都已经离开，回各自的小屋去了。伊夫林朝着自己的那张桌子走去，想看看有没有落下什么，这时她听到蒂姆发出了一声惊呼。她立即循声抬起头来,发现他正死死盯着露台尽头的台阶,顺着他的目光望过去,她也不由得屏住了呼吸。

莫利正从海滩那边走上台阶。她边走边抽噎,有些上气不接下气,身体奇怪地摇来晃去,就像在漫无目的地瞎跑乱撞。蒂姆叫道:

"莫利!出什么事儿了?"

他向她跑过去,伊夫林紧随其后。莫利现在已经踏上了台阶顶端,她站在那里,两只手背在身后,呜咽着说道:

"我发现她了……她就在那边的灌木丛里……在那片灌木丛里……看看我的手——看看我的手啊。"她把手伸了出来,伊夫林一眼就看到了那上面古怪的深色污渍,不禁倒吸了一口气。在柔和的灯光之下它们看起来颜色深暗,不过她心里很清楚,那其实是红色的。

"发生什么事儿了,莫利?"蒂姆喊道。

"在下边。"莫利说。她身子摇摇晃晃,立足不稳:"灌木丛里……"

蒂姆迟疑了一下,看了看伊夫林,然后把莫利往伊夫林那边推了推,接着便跑下台阶。伊夫林用胳膊一把搂住了那姑娘。

"来,坐下,莫利。坐这儿。你最好喝点儿什么。"

莫利瘫坐在椅子里,身体向前倚靠桌子,额头抵在交叠的手臂之上。伊夫林没再问她什么。她觉得得给她些时间缓缓劲儿。

"不会有事儿的,你也知道,"伊夫林轻柔地说道,"不会有事儿的。"

"我不知道,"莫利说,"我不知道发生了什么。我什么都不知道。我记不起来。我——"她猛然抬起头来:"我怎么了?我出什么问题了?"

"没事的,孩子。没事的。"

蒂姆正缓步走上台阶。他的脸色煞白。伊夫林抬眼看着他,扬了扬眉毛以示询问。

"是我们这儿的一个女仆,"他说,"她叫什么来着——维多利亚吧。有人捅了她一刀。"

第十四章 调查

1

莫利躺在她的床上。床的一边站着格雷姆医生和代表西印度群岛警方的罗伯逊医生——另一边站着蒂姆。罗伯逊的手摸着莫利的脉搏,冲站在床尾的男人点了点头,那是来自圣奥诺雷警方的韦斯顿督察,一个穿着警服、身形纤瘦的黑人男子。

"只能问几句,别多问。"医生说。

对方点点头。

"现在,肯德尔太太,就跟我们说说您是怎么发现这姑娘的吧。"

有那么一会儿,床上躺着的那个人就像是什么都没听到一样。接着她开口说话了,声音显得微弱而遥远。

"在灌木丛里——白色的……"

"您看见了什么白色的东西,然后您就过去查看那到底是什么,是这么回事吗?"

"是的……白色的……躺在那儿……我试着……试着去抬……去扶她……血啊……我满手都是血。"

她开始颤抖起来。

格雷姆医生冲他们摇摇头。罗伯逊低声说道:"她没法再承受更多了。"

"您在那条海滩小路上干什么呢,肯德尔太太?"

"温暖——美妙——在海边——"

"您知道那姑娘是谁吗?"

"维多利亚……很好……很好的姑娘……那笑声……她总在笑……噢!现在她没法笑了……她再也笑不出声来了。我永远都忘不了……我永远都忘不了了……"她的声音歇斯底里般高亢起来。

"莫利——别这样。"说话的是蒂姆。

"平静一下……平静一下……"罗伯逊医生以权威的口吻抚慰道,"放轻松……放松……就扎一小针……"说着他拔出了皮下注射器的针头。

"至少二十四小时之内她都不适宜接受询问,"他说,"什么时候可以,我会告诉你的。"

2

这个英俊的大块头黑人用眼光依次扫过桌子旁边坐着的人。

"俺对天发誓,"他说,"俺就知道这些。除了已经告诉你们的,俺啥都不知道。"

他的额头上沁出了汗珠。达文特里叹了口气。在桌旁指挥的圣奥诺雷刑事调查局督察韦斯顿做了个打发的手势。大块头吉姆·埃利斯拖着步子走出了房间。

"他知道的当然不止这些,"韦斯顿说,带着一种柔和的岛民口音,"不过我们能从他嘴里问出来的也就是这些了。"

"你觉得他本身没什么嫌疑?"达文特里问道。

"是的。他们在一起似乎相处得很融洽。"

"他俩没结婚?"

韦斯顿中尉的唇边浮上了一抹微笑。"没有,"他说,"他们没结婚。岛上没有那么多人结婚。不过他们倒是给孩子们施了洗礼。维多利亚给他生过两个孩子。"

"不管是什么事吧,你认为在这件事里他跟她是一伙儿的吗?"

"或许不是。我觉得如果参与其中了,他会紧张的。而且我还得说,就连她知道的事儿也没有那么多。"

"但是足够用来敲诈勒索了?"

"我真没觉得我会用这个字眼儿。我怀疑那姑娘甚至都不一定理解这个词的意思。为了让人守口如瓶而付的钱并不会被认为是敲诈勒索。你知道,待在这儿的人里有一批是有钱的花花公子,他们的道德品行可禁不起太多调查。"他的话音里透着几分尖酸刻薄。

"咱们这儿什么人都有,我同意。"达文特里说,"或许是个女人呢,她不想让人知道她逮谁跟谁睡觉,于是就送了件礼物给伺候她的女仆。大家都心照不宣,这就是封口费。"

"一针见血。"

"但这回呢,"达文特里提出了异议,"根本就不是那种情况。这次可是谋杀。"

"但我还是有些怀疑,那姑娘知不知道这件事的严重性。她看见了一些东西,一些令人费解的事情,估计是跟这瓶药有关的事情。据我所知,这瓶药是戴森先生的。我们最好下一个就见见他吧。"

格雷戈里走了进来,和平常一样神清气爽。

"我来啦,"他说,"有什么我可以帮忙的吗?这姑娘的遭遇太惨了。她是个好姑娘。我们夫妇俩都很喜欢她。我猜可能是跟哪个男人吵架了还是怎么的,不过她看上去挺高兴的呀,没显出有什么烦心事儿的样子。我昨天晚上还跟她开玩笑来着。"

"戴森先生,我想您是在吃一种叫塞伦奈特的药吧?"

"一点儿没错。粉色的小药片。"

"您拿药都是医生给您开处方吗?"

"是啊。你要是想看的话,我可以给你看。我有点儿高血压,就跟如今很多人一样。"

"似乎没什么人知道这件事啊。"

"嗯,我不跟别人说这个。我,呃,身体一直都健健康康的,而且我也一向不喜欢那些有点儿小毛病就挂在嘴边的人。"

"这种药您得吃多少?"

"一次两片,一天三次。"

"您随身带着很多药吗?"

"没错。我差不多带六七瓶吧。不过你知道,这些药都锁在一个箱子里。我只拿一瓶出来,就是我吃的那瓶。"

"我听说不久前您把这瓶药弄丢了?"

"的确如此。"

"而您问过这个叫维多利亚·约翰逊的姑娘,她有没有看见?"

"是的,我问了。"

"那她怎么说?"

"她说她最后一次看见是在我们卫生间的架子上。她说她已经到处找过了。"

"后来呢？"

"没过多久，她就来找我，把药还给了我。她问我这是不是我丢的那瓶？"

"您怎么说的？"

"我说'就是这瓶，一点儿没错，你在哪儿找到的？'而她说是在老帕尔格雷夫少校的房间里。我就问'究竟是怎么跑到那儿去的啊？'"

"那她又是怎么回答的呢？"

"她说她也不知道，但是——"他有些犹豫。

"怎么了，戴森先生？"

"呃，她给我的感觉是，她实际上没有把她知道的完全说出来，不过我也没有特别放在心上。说到底，这事儿也不是很重要。就像我说的，我随身还带着好几瓶呢。我想兴许是我把它随手放在餐厅还是什么地方，而老帕尔格雷夫出于某种原因捡了起来。或许他把它揣在口袋里，想着回头要还给我，结果又忘了。"

"关于药的事您知道的就这些吗，戴森先生？"

"就这些。真抱歉，也没帮上什么忙。这药很重要吗？怎么了？"

韦斯顿耸了耸肩膀："照目前的情况来看，任何事情都有可能很重要。"

"我不明白这件事跟那些药有什么关系。我觉得你们可能想要知道在那个可怜的姑娘被人捅刀子的时候我在干什么呢。我尽可能仔细地把我的行踪全都写下来了。"

韦斯顿若有所思地看着他。

"真的吗？那您可帮了大忙了，戴森先生。"

"我想着给大家都省去些麻烦吧。"格瑞格说着把一张纸推过桌面。

韦斯顿细看着这张纸，达文特里把椅子拉近了一些，从他的肩膀上看过去。

"这点看起来非常清楚，"片刻之后韦斯顿说道，"在九点差十分之前，您和您太太一起在你们的小屋里换衣服，准备去吃晚餐。随后你们去了露台，跟卡斯比埃罗夫人喝了点酒。九点一刻的时候，希灵登上校夫妇跟你们会合，你们进去吃晚餐。依照您的记忆，您是在大约十一点半钟上床睡觉的。"

"当然了，"格瑞格说，"我也不知道那姑娘实际上是什么时候被杀的——"

这句话里隐约有一丝询问的意思。但韦斯顿中尉看上去似乎并未注意到。

"就我所知，是肯德尔太太发现了她？对她来说肯定是个极大的打击啊。"

"是啊。罗伯逊医生不得不喂了她点儿镇静药。"

"那会儿大多数人都已经上床睡觉，时间已经很晚了，不是吗？"

"没错。"

"她已经死了很久吗？我是说肯德尔太太发现她的时候。"

"我们还不是特别清楚死亡的确切时间。"韦斯顿平静地说道。

"可怜的小莫利。对她来说这肯定是个巨大打击。说实话，昨天晚上我都没怎么注意到她。我还想着她可能是因为头疼之类的在床上躺着呢。"

"您最后一次确切地看到肯德尔太太是在什么时候？"

"噢，挺早的时候，在我去换衣服之前。她当时正在摆弄桌子上的装饰和物件，重新摆放餐刀什么的。"

"我明白了。"

"她那时候情绪还挺好的呢,"格瑞格说,"又是开玩笑又是干吗的。她是个很棒的姑娘。我们都很喜欢她。蒂姆是个有福气的家伙。"

"好吧,谢谢您,戴森先生。除了已经告诉我们的关于那个姑娘维多利亚还您药的时候说的话之外,您想不起更多的事情了吧?"

"想不起来了……也就是我说的那些吧。她问我这些药是不是我正在找的。说她已经在老帕尔格雷夫的房间里找到了。"

"她不知道是谁放在那儿的吧?"

"我觉得她不知道——说真的,我记不起来了。"

"谢谢您,戴森先生。"

格雷戈里走了出去。

"他还挺有心眼儿,"韦斯顿用手指甲轻轻敲着那张纸,说道,"那么急着想要让咱们确切地知道他昨天晚上究竟在哪儿。"

"你觉得他有点儿过于急切了?"达文特里问道。

"这很难说。你知道,有些人天生就对自身的安危特别紧张,担心被卷到任何事情里面去。这倒并不一定是因为他们有什么犯罪意识,反而有可能就是这么回事。"

"那犯罪机会呢?有乐队,有跳舞的,还有来来往往的人,其实没有谁能提出像样的不在场证明。人们起身,离席,再回来。女士们去给鼻尖补妆,男人们则四处闲逛。戴森有可能溜走,任何人都有可能溜走。不过他似乎真是太急于证明他没有溜号了。"他垂下眼帘,沉思着看着那张纸,"也就是说,肯德尔太太那会儿正在重新摆放桌子上的餐刀。"他说,"我有点儿怀疑,他是不是有意把这件事扯进来。"

"在你听来像是这样吗?"

对方斟酌了一下:"我觉得有可能。"

在两人坐着的房间外面,响起了一阵喧闹声。一个高亢尖锐的声音正在要求让其进屋。

"我有事情要说。我有事情要说。你带我进去,去见那些先生们,你带我到警察那儿去。"

一名身穿制服的警察推开了房门。

"是这儿的一个厨子,"他说,"特别急着要见你们。他说他知道一些你们应该知道的事情。"

一个戴着厨师帽、受了惊吓的黑人男子推开他走进了房间。他是那些年纪比较小的厨师之一,不是圣奥诺雷本地人,而是个古巴人。

"我有事告诉你们。我要告诉你们,"他说道,"她从我的厨房里穿过去,是真的,她手里还拿着一把刀。我告诉你们,是一把刀。她手里拿着一把刀。她穿过我的厨房走了出去。到了花园里。我看见她了。"

"好了,冷静一点,"达文特里说,"冷静一点。你这是在说谁?"

"我告诉你们我是在说谁吧。我说的是老板的太太。肯德尔太太。我说的是她。她手里拿着把刀,走进了屋外的黑暗当中。那是在晚饭之前——而且她没回来。"

第十五章　调查继续

1

"我们能跟您说句话吗,肯德尔先生?"

"当然。"蒂姆从桌边抬起头来。他把桌上的一些纸张推到一边,给他们指了指椅子。他的脸拉得很长,满面痛苦。"调查进行得怎么样了?有什么进展吗?这地方似乎是在劫难逃了。你们知道吧,大家都想着要离开呢,都在打听航班的事情。就在一切眼瞅着就要大功告成的节骨眼上。上帝啊,你们不明白这地方对于我和莫利来说意味着什么。我们可是把家底儿都押上了啊。"

"我知道,这种状况对您来说非常艰难,"韦斯顿督察说道,"我们很体谅您。"

"要是这一切都能迅速澄清的话,"蒂姆说,"这个不幸的姑娘维多利亚啊——哦!我不该那么说她。她为人相当好,维多利亚真是不错。只是,只是这里面肯定有某种很简单的原因,某种……感情纠葛,或者她的什么风流韵事。没准儿她丈夫——"

"吉姆·埃利斯不是她丈夫,不过他们的关系很稳定。"

"只要这件事能够迅速澄清,"蒂姆又说了一遍,"抱歉。你们是想要跟我谈一谈,问我些问题?"

"是的。关于昨天晚上的事。根据医学证据来看,维多利亚是在晚上十点半到午夜之间被人杀害的。就目前情况来说,想证实那些不在场证明也没那么容易。大家都走来走去,跳跳舞,或者离开露台然后再回来。证实起来确实非常困难。"

"我想也是。不过这是否意味着你们已经确认维多利亚就是被这里的一个客人杀害的呢?"

"嗯,我们必须调查这种可能性,肯德尔先生。我要问您的事情,是跟您的一个厨师所做的供述有关。"

"哦?哪一个?他说什么了?"

"据我了解,他是个古巴人。"

"我们这儿有两个古巴人和一个波多黎各人。"

"这个叫恩里科的人声称您太太从餐厅走来,穿过厨房,然后走到外面的花园里,同时她手里还拿着一把刀。"

蒂姆的眼睛瞪着他。

"莫利,拿着把刀?呃,她凭什么不能拿啊?我是说……为什么……你不觉得……你到底想要暗示些什么呢?"

"我所说的是在大家进入餐厅去吃饭之前的那段时间。我猜大约应该是在八点半钟左右。我相信,您本人那会儿就在餐厅里,正在和领班的服务员费尔南多说话。"

"是的。"蒂姆回想了一下,"没错,我想起来了。"

"而您太太从露台那边走了进来?"

"是的,她进来了,"蒂姆并无异议,"她一向都要出去检查那些桌子。有时候服务员会摆错东西,忘记摆放刀具之类的。很可能就是这样。她那会儿可能正在重新摆放刀叉或者其他什么。她手里说不定会拿着一把多余的餐刀或者汤匙什么的。"

"然后她就从露台走进了餐厅。她跟您说话了吗？"

"是的，我们说了几句。"

"她说什么了？您还记得吗？"

"我想我问了问她刚才在和谁说话。我听见了她在外面说话的声音。"

"那她说她在和谁说话呢？"

"格雷戈里·戴森。"

"啊，没错。他也是这么说的。"

蒂姆继续说道："我知道，他跟她献殷勤来着。他对干那种事有点儿乐此不疲。这惹恼了我，我说了句'让他死了这份儿心吧'，莫利就笑了，说她需要的时候会给他点儿颜色瞧瞧。在那方面莫利是个非常聪明的姑娘。你知道，这也不总是个美差。你不能得罪客人，所以像莫利这么吸引人的姑娘也就只能耸耸肩，一笑了之。只要是个漂亮女人，格雷戈里·戴森就很难不去动心思。"

"他们之间发生口角了吗？"

"没有，我觉得没有。我想如我所言吧，她就跟平时一样一笑而过了。"

"您也没法确定她手里是不是拿着刀吧？"

"我记不清了……我差不多能确定她没拿……实际上我非常肯定她没有。"

"可是您刚刚还说……"

"听我说，我的意思是假如她在餐厅里或在厨房里，那她就很有可能顺手捡起一把刀或者在手里拿一把。事实上我很清楚地记得，她从餐厅那儿进来，手里没拿东西。什么东西都没有。肯定是这样。"

"我明白了。"韦斯顿说。

蒂姆局促不安地看着他。

"你们葫芦里究竟卖的是什么药啊？那个蠢货恩里科——曼纽尔，甭管他是谁吧，说什么啦？"

"他说您太太来到厨房里，看上去心事重重的，还说她手里拿了一把刀。"

"他这是在添油加醋。"

"您在吃晚饭时或者晚饭以后还跟您太太说过话吗？"

"没有，我想确实没有。实际上我忙得不可开交。"

"吃饭的时候您太太在餐厅里吗？"

"我——噢——没错，我们通常都是在客人中间走来走去。看看他们吃得如何，有什么需要。"

"您跟她一句话都没说？"

"没有，我觉得没说……我们向来都很忙。我们彼此之间并不总能注意到对方在干什么，当然也没有什么时间交谈。"

"事实上，您不记得跟她说过话，直到又过了三个小时，在她发现尸体之后从台阶走上来之时，对吗？"

"这对她来说是个很可怕的打击，让她心乱如麻。"

"我知道。这是一种令人极其不愉快的经历。那她又是怎么就沿着海滩上的小路到了那里呢？"

"在好不容易把晚饭都招待好之后，她通常都会去散散步。你知道，就是从客人们身边躲开一小会儿，去透透气。"

"就我所知，她回来的时候您正跟希灵登太太说话呢。"

"没错。实际上其他人都上床睡觉去了。"

"您跟希灵登太太都说什么了？"

"没什么特别的。怎么了?她说什么了?"

"到目前为止她还什么都没说。我们还没问到她。"

"我们也就是东拉拉西扯扯。说说莫利,谈谈酒店的经营,聊些有的没的。"

"然后——您太太就从露台的台阶那儿走上来,告诉你们发生了什么事情?"

"是的。"

"她手上有血?"

"当然有!她俯下身子查看了那姑娘,还试着把她扶起来,她不明白发生了什么事情,不知道那姑娘怎么了。她手上当然会有血!嘿,你到底想说什么?你这是话里有话吧?"

"请你冷静一点,"达文特里说,"我知道这一切让您承受了很大的压力,蒂姆,不过我们也不得不把事实搞清楚。我听说您太太最近一段时间一直感觉不太舒服?"

"胡说八道——她好着呢。帕尔格雷夫少校的死是让她有点儿心绪烦乱。那也是很自然的事情。她是个敏感的姑娘。"

"一等她身体允许,我们就得去问她几个问题。"韦斯顿说。

"好吧,但现在可不行。医生给她用了镇静药,说她现在不能被打扰。我可不想让她再感到难过,也不想让她那么战战兢兢的,你们听明白了吗?"

"我们不会做任何威逼恐吓她的事儿,"韦斯顿说,"只是要把事实搞清楚。我们现在不会去打扰她的,不过一旦医生允许,我们就得去见她。"他的声音很温和,态度却很坚定。

蒂姆看着他,张了张嘴,但一个字都没说。

2

伊夫林·希灵登坐在给她指定的椅子上,一如往常地泰然自若。她不慌不忙地考虑着那几个向她提出的问题,那双黑色的充满灵性的眼睛仔细地打量着韦斯顿。

"是的,"她说,"他太太走上台阶来告诉我们发生了谋杀时,我正跟肯德尔先生在露台上说话。"

"您先生没在场?"

"没有,他已经上床睡觉去了。"

"您跟肯德尔先生说话是出于什么特别的原因吗?"

伊夫林扬了扬她精心描画好的眉毛——这当中分明带着一种谴责。她冷冰冰地说道:

"这个问题太古怪了。没有——我们谈话没有什么特别的理由。"

"你们谈到他太太的健康问题了吗?"

伊夫林依然从容不迫地想了想。

"我真的记不得了。"最后她开口说道。

"您确定吗?"

"确定我记不得了吗?真是奇怪的说法——人在不同时间会谈论呢。"

"就我所知,肯德尔太太最近身体不是太好。"

"她看起来挺不错的——或许有一点点疲劳吧。当然了,经营一个像这样的地方意味着要操很多心,而她又没什么经验。很自然,她时不时地就会有些狼狈。"

"狼狈。"韦斯顿重复了一下这个词,"您会用这个字眼来形容是吗?"

"这个词有点儿老气，或许吧，不过它跟那些我们用来形容所有事物的时髦用语一样好——就像用'病毒感染'来形容胆病发作①，用'焦虑性神经症'来形容日常生活中那些小烦恼似的……"

她的微笑让韦斯顿觉得有点儿荒唐。他心想伊夫林·希灵登是个聪明的女人。他看了看一脸无动于衷的达文特里，想知道他是怎么看的。

"谢谢您，希灵登太太。"韦斯顿说。

3

"我们并不想给您平添烦恼，肯德尔太太，不过对于您是如何发现那个姑娘的事情，我们必须要听听您的说法。格雷姆医生说您现在已经有所恢复，可以谈论这个话题了。"

"噢，是啊，"莫利说，"我现在好很多了。"她冲他们略显神经质地微微一笑，"就是吓着了——你们知道，那真的挺可怕的。"

"没错，肯定是这样。我听说您在晚饭后出去散步了。"

"是的，我经常这么做的。"

达文特里注意到她的目光游移了一下，两只手的手指绞在一起又分开。

"那时候大概是几点钟，肯德尔太太？"韦斯顿问道。

"呃，我真的不知道，我并不是特别关注时间。"

"钢鼓乐队还在演奏吗？"

---

① 原文如此，但实际上并无医学根据。

"是吧……至少……我觉得是……我真的记不清了。"

"那您——走的是哪条路呢?"

"哦,我沿着海滩的小路走的。"

"往左手边还是右手边?"

"噢!先是往一边……然后又往另一边……我……我……真的没怎么注意。"

"您为什么没注意呢,肯德尔太太?"

她蹙起了眉头。

"我想我是在……嗯……想事情吧。"

"想什么特别的事情呢?"

"没有……没有……没什么特别的事情——也就是些必须要做的事儿——酒店里的。"她的手指又一次开始紧张地绞来绞去,"然后……我注意到有些白色的东西……在一片木槿丛里……我就纳闷那到底是什么。我停下来,然后——然后拽了拽——"她猛地咽了口唾沫,"才发现是她——维多利亚——整个人蜷成一团……我尽力想把她的头扶起来,结果弄得……我两只手上都是……血。"

她看着他们,满怀疑问地又重复了一遍,仿佛回想起了什么不可思议的事情。

"血——两只手上都是。"

"是啊……是啊……一次可怕至极的经历。关于这部分您不需要再给我们讲更多了。您觉得在发现她的时候您已经走了多久呢?"

"我不知道——我一点儿头绪都没有。"

"是一个小时?半个小时?还是一个多小时——"

"我不知道。"莫利重复道。

达文特里以一种日常的平静口吻问道:

"您散步的时候带了把——刀吗?"

"刀?"莫利听起来很诧异,"我带刀干吗?"

"我问这个只是因为厨房里有个员工……说你从厨房走到花园里去的时候手里拿着把刀。"

莫利皱起了眉头。

"可我没从厨房里走出去啊……哦,你是说更早些时候——晚餐之前……我——我觉得没有啊——"

"您那个时候或许是在重新摆放餐桌上的刀叉吧。"

"有时候我非摆不可。他们会把餐具摆错——刀摆得不够——要么就是太多。叉子和汤匙的数量也不对——类似这样的事情吧。"

"这么说来,那天晚上您也有可能在走出厨房的时候手里拿着把刀喽?"

"我觉得我没有……我确信我没拿……"她又加上一句,"蒂姆在呢——他知道。问问他。"

"您喜欢那个女孩——维多利亚吗?她工作干得好吗?"韦斯顿问道。

"好啊——她是个非常不错的姑娘。"

"您跟她没发生过争执吧?"

"争执?没有。"

"她也从来都没有威胁过您——不管以什么方式?"

"威胁我?你什么意思?"

"别在意——您不知道谁有可能会杀害她吗?一点儿都不知道?"

"一点儿都不知道。"她斩钉截铁地说道。

"好吧,谢谢您,肯德尔太太。"他微笑着说道,"您瞧,也没那么可怕,是吧?"

"这就问完啦？"

"目前算是问完了。"

达文特里站起身来，替她打开门，目送她走了出去。

"蒂姆知道，"他回到椅子上时引述了这句话，"而蒂姆言之凿凿地说她没拿着刀。"

韦斯顿严肃地说道：

"我认为这是任何一个做丈夫的都会觉得义不容辞要说出口的话。"

"将一把餐刀作为谋杀用的刀似乎不怎么合宜。"

"但那可是一把用来切牛排的刀啊，达文特里先生。那天晚上的菜单上有牛排。切牛排的刀向来都是很锋利的。"

"我是真的没法让自己相信，我们刚刚与之说过话的那个姑娘是个双手沾满鲜血的女杀手，韦斯顿。"

"现在还不需要去相信呢。有可能是肯德尔太太在晚餐前走到花园里，手里攥着一把她从某张桌子上拿走的多余的餐刀，她甚至可能都没意识到拿着它，而她又有可能把刀放在了什么地方，或者掉在了哪儿——可能是其他某个人找到了这把刀并且拿去用了。我也觉得她不太可能是杀人凶手。"

"话说回来，"达文特里沉思着说道，"我相当肯定她没有把她知道的事情都说出来。她在时间问题上的含糊其词显得非常奇怪——她在哪儿——她又在那地方干了什么？到目前为止，那天晚上似乎还没有一个人注意到她在餐厅里。"

"丈夫就跟平时一样，到处走动，妻子却没有——"

"你觉得她是出去见某个人了吗——比如说维多利亚·约翰逊？"

"或许吧。要么就是她撞见了某个人在跟维多利亚会面。"

"你是在想格雷戈里·戴森？"

"我们知道他早些时候跟维多利亚说过话,他有可能约她晚些时候再见一面。要记得,每个人都在露台上随意地走来走去,跳跳舞,喝喝酒,在酒吧间进进出出的。"

"谁都不像钢鼓乐队那样有不在场证明。"达文特里语带挖苦地说道。

第十六章　马普尔小姐寻求援助

如果有人注意到这个站在自己小屋外的凉廊上陷入沉思的慈眉善目的老太太的话,他们可能会认为她除了在琢磨该如何打发一天的时间之外,不会有什么更多的想法了——没准儿来个悬崖城堡之旅,去一趟詹姆斯敦,惬意地乘车兜兜风,然后去鹈鹕角吃顿午饭——要么就只是在海滩上安安静静地过一个上午。

不过这位慈祥的老太太心里斟酌的却是迥然不同的事,她现在可是斗志昂扬。

"必须得采取点儿行动。"马普尔小姐自言自语道。

而且,她深信事情已经刻不容缓——简直就是迫在眉睫。

可是她又能够说服谁去相信这个事实呢?用不了多久,她认为自己就可以揭开真相。

她已经发现了很多事情。但是还不够——还差得远呢。而时间已经所剩无几了。

她痛苦地意识到,在这里,在这个岛中天堂,她平时的那些伙伴们一个都不在身边。

她不无遗憾地想念起她在英国的那些朋友们——亨利·克利瑟林

爵士——总是乐意不厌其烦地倾听；还有他的教子德莫特，就算他在苏格兰场的职位已经节节高升，也依然愿意相信当马普尔小姐发表意见时，其中通常都是别有深意的。

然而那位嗓音柔和的本地警官真的会把一个老太太说的要紧事当回事儿吗？格雷姆医生呢？可格雷姆医生并不是她所需要的人——他的性情太温和，太举棋不定，无疑不是个当机立断、雷厉风行的人。

马普尔小姐感觉自己就像是全能上帝的一个卑微代表，几乎要用《圣经》里的话大声喊出她的需求了。

谁肯为我去呢？
我可以差遣谁呢？[①]

片刻之后，有声音传到她的耳朵里，她并没有一下子就识别出这是对她祈求的回应——事实上相去甚远，她打心底里觉得那可能只是一个男人在呼唤他的狗。

"嘿！"

陷于困惑之中的马普尔小姐并没有注意到。

"嘿！"这次的声音又提高了，马普尔小姐茫然四顾。

"嘿！"拉斐尔先生不耐烦地喊道。他还加上一句："叫你哪——"

马普尔小姐一开始真没意识到拉斐尔先生那句"嘿，你"是跟她说的。以前从来没有任何人用这种方式对她大呼小叫过。而这也肯定算不上是一种具有绅士风度的方式。马普尔小姐对此倒没怎么生气，因为人们很少会为拉斐尔先生做事时的这种有些专横霸道的方式生气。

---

① 此两句语出《圣经》以赛亚书 6:8。

他是个我行我素的人,大家都尽可能地去容忍他。马普尔小姐往他的小屋那边看去。拉斐尔先生正坐在他的凉廊外面召唤她。

"您是在叫我吗?"她问道。

"当然是在叫你了,"拉斐尔先生说,"不然你以为我是在叫谁——猫吗?到这边来。"

马普尔小姐四处找了一下她的手提包,把它拎在手里,穿过了两栋小屋之间的空地。

"我没法到你那儿去,除非有人帮忙,"拉斐尔先生解释道,"所以只能是你到我这儿来。"

"哦,是啊,"马普尔小姐说,"这一点我很理解。"

拉斐尔先生指了指邻近的一把椅子。"坐下吧,"他说,"我想跟你说说话。这座岛上正在发生什么该死的怪事。"

"是啊,的确如此。"马普尔小姐在指定的椅子上坐下,赞同地说道。纯粹是出于习惯,她从包里拿出了毛线活儿。

"别又开始织毛线,"拉斐尔先生说,"我受不了这个。我讨厌女人织毛线。让我看着就心烦。"

马普尔小姐把毛线活儿又收回包里。她这么做的时候并没有表现得逆来顺受,倒像是一种对于脾气暴躁的病人的体谅。

"现在这儿的闲言碎语可真是不绝于耳啊,"拉斐尔先生说道,"而在这里面我敢说你绝对是冲在最前面的。你和那个牧师,还有他妹妹。"

"在目前这种情况下,"马普尔小姐毫不示弱地说道,"有些闲言碎语可能才是正常的吧。"

"岛上有个姑娘被人用刀捅死了。尸体被发现扔在灌木丛里。或许这事平平无奇。那个跟她同居的小子兴许吃另一个男人的醋——要么就是他自己另有新欢而她吃醋了,然后他们大吵了一架。发生在热带地区的男欢女爱呗。也就是那类事儿。你觉得呢?"

"不是。"马普尔小姐摇了摇头,说道。

"官方也不这么认为。"

"大概他们跟您说的,"马普尔小姐把话挑明了,"比跟我说的要多。"

"就算是,我也敢说你比我知道得多。你听过他们闲聊啊。"

"我确实听到过。"马普尔小姐说。

"你也没什么别的事儿可干,对吗,除了听他们闲聊?"

"这能让我消息灵通,对我很有帮助。"

"你知道吗,"拉斐尔先生上下打量着她,说道,"我看错你了。我并不经常看错人。你其实很不简单,跟我想的不一样。说起所有那些关于帕尔格雷夫少校以及他讲的故事的传闻,你觉得他是被人干掉的,对不对?"

"我非常担心是这样。"马普尔小姐说。

"嗯,他就是。"拉斐尔先生说。

马普尔小姐深吸了一口气。"这件事已经板上钉钉了,是吗?"她问道。

"没错,板上钉钉了。我从达文特里那儿听来的。我这可不是在泄露机密,因为尸检的结果反正也得公之于众。你告诉了格雷姆一些事情,他去找了达文特里,达文特里又去找了行政长官,然后刑事调查局就接到了通知,他们一致同意这件事情看上去挺可疑,于是就把老帕尔格雷夫挖出来瞧了瞧。"

"那他们发现什么了?"马普尔小姐有些迟疑地询问道。

"他们发现他吃下了达到致死剂量的什么东西,那玩意儿的名字只有医生才能念准。在我的印象里,它听起来似乎像是什么二氯,什么六角乙基岩焦油酚。这可不是正确名字。不过大概听起来就是这样的。我猜法医这么一说，就没人能知道那究竟是什么了。那东西没准儿跟依维派①或者佛罗拿②或者伊斯顿糖浆之类的一样，有个又简单又好听又容易念的名字。这是它的正式名称，用来唬那些外行的。不管怎么说，我听他那个意思，人要是吃多了的话就会导致死亡，而表现出来的样子就跟在一个放浪之夜酗酒之后引起的高血压病情恶化如出一辙。事实上，这一切看起来都极其自然，没有人起过哪怕一丝疑心，只是说上一句'可怜的老家伙'之后就匆匆忙忙把他埋掉了。而如今他们在怀疑他究竟有没有高血压的毛病。他跟你说过他有吗？"

"没说过。"

"就是嘛！可是所有人似乎都把这一点当成事实呢。"

"从表面上看，他曾跟人说起过。"

"这就跟看见鬼的事儿一样，"拉斐尔先生说，"你永远都碰不见一个亲眼见过鬼的家伙。总说是他姑妈的远房表亲，要么就是朋友，或者是朋友的朋友看见的。不过咱们先不说这个。他们认为他有高血压，是因为在他房间里发现了一瓶控制血压的药——而现在我们要说到重点了——我推测是那个被杀的姑娘到处说那瓶药是被其他什么人放在那儿的，实际上那瓶药属于格瑞格那家伙。"

"戴森先生还真有高血压的毛病。他太太提起过。"马普尔小姐说。

"所以说，把药放在帕尔格雷夫的房间里是为了暗示他有高血压的毛病，使他的死亡看上去顺理成章。"

"完全正确，"马普尔小姐说，"而有人把这件事情极其聪明地散布开来，说他经常跟别人提起他有高血压的毛病。但您也知道，想要散

---

① 环己巴比妥，一种具有镇静和催眠作用的巴比妥类衍生药物。
② 常用镇静催眠药物巴比妥的商品名。

布谣言是非常容易的。易如反掌。我这辈子见过的这种事太多了。"

"我敢肯定你此言不虚。"拉斐尔先生说。

"只需要在这里说上几声，到那里嘀咕几句就可以了，"马普尔小姐说，"你别说是你自己知道的，只说是 B 太太告诉你她从 C 上校那里听来的就行。这些话一向都是二手或者三手甚至四手的，而要想找出谁是始作俑者却是难上加难。哦，没错，这样你就能够得逞了。而你告诉过的那些人又会继续把话重复说给其他人听，就跟他们自己知道似的。"

"有人挺聪明的啊。"拉斐尔先生沉吟道。

"没错，"马普尔小姐说，"我认为有个人相当聪明。"

"我猜这姑娘看见了什么，或者知道些什么，想要借此敲诈勒索。"拉斐尔先生说。

"她可能并没把这当成是敲诈勒索，"马普尔小姐说，"在这种大酒店里，女仆们常常会知道一点儿某些客人不愿意让她们讲出去的事情。于是他们就会多拿出些小费或者给笔小钱作为礼物。这姑娘一开始兴许并没有意识到她所知道的事情的重要性。"

"可她终究还是被人从背后捅了一刀。"拉斐尔先生粗暴地说道。

"是啊。很显然，有人不想让她开口说话。"

"哦？那让我们来听听你对这一切的高见吧。"

马普尔小姐若有所思地看着他。

"您凭什么认为我会比您知道得多呢，拉斐尔先生？"

"也许你不比我知道得多，"拉斐尔先生说，"不过我很有兴趣听听你对于你所知道的事情有些什么想法。"

"可是为什么呢？"

"到这儿来也没太多事情可干，"拉斐尔先生说，"除了赚钱。"

马普尔小姐看上去略显惊讶。

"赚钱？在这儿？"

"你要是愿意的话，可以每天发上半打的密码电报，"拉斐尔先生说，"这就是我自娱自乐的方式。"

"投标收购吗？"马普尔小姐将信将疑地问道，那语气仿佛是在说一门外语。

"也就是那类事儿呗，"拉斐尔先生表示赞同，"跟其他人斗斗智。麻烦在于那些事情用不了多少时间，所以我就对这件事产生了兴趣。它勾起了我的好奇心。帕尔格雷夫可是花了大把的时间跟你聊天啊。我估计没有其他人能受得了他。他都说什么了？"

"他给我讲了一大堆故事。"马普尔小姐说。

"我知道他讲了一堆故事。绝大多数都让人烦透了。而且你可不是只听一次就完事儿。只要你待在能听见他说话的地方，你可能就得听上三四遍。"

"我明白，"马普尔小姐说，"恐怕男士们上点儿年纪之后都会这样吧。"

拉斐尔先生恶狠狠地瞪了她一眼。

"我可不讲故事，"他说，"继续说下去。这件事是源于帕尔格雷夫讲的一个故事，对吧？"

"他说他认识一个杀人凶手，"马普尔小姐说，"说起来这其实真没什么大不了的。"她随即又轻声细语地补充道："因为我猜几乎所有人都碰上过这种事情。"

"我没太听懂你的意思。"拉斐尔先生说。

"我并没有特指什么，"马普尔小姐说道，"但是拉斐尔先生，如果您在心里回想一下您这辈子遇上的各种事情，不也总会碰到这样的场景吗,有人会漫不经心地说上一句'哦,没错,我跟那个谁谁谁熟得很。他死得特别突然,他们老说是他老婆把他给杀了,但我敢说那只是些流言蜚语'。您也听过别人说这种话吧,对不对?"

"嗯,我想是的,没错,是听过这类话。不过也不是……呃,不是当真那种啊。"

"确实,"马普尔小姐说,"然而帕尔格雷夫少校是个非常严肃认真的人。我觉得他喜欢讲这个故事。他说他有一张那个杀人凶手的快照。他当时正打算要拿出来给我看,不过事实上,他并没有让我看到。"

"为什么呢?"

"因为他看见了什么,"马普尔小姐说,"我怀疑是看见了什么人。他的脸涨得通红,手忙脚乱地把那张快照又塞回钱包里,然后就转换了话题。"

"他看见谁了?"

"关于这个问题我已经想了很多次,"马普尔小姐说,"我那时坐在我的小屋外面,而他几乎就坐在我的正对面——不管他看见了什么,他都是越过我的右肩膀看到的。"

"有人那时候正从你的右后方沿着那条小路走过来,那条从小溪到停车场的小路——"

"没错。"

"那么有人从那条小路走过来吗?"

"戴森夫妇和希灵登上校夫妇。"

"还有别人吗?"

"反正我是没发现。当然了,您的小屋应该也在他的视线之内……"

"哈。那我们就把……怎么说呢……埃丝特·沃尔特斯还有我那个叫杰克森的家伙也算进来，对吗？我认为，他俩中的任何一个都有可能在不被你看见的情况下从小屋里走出来，然后再走回去。"

"这有可能，"马普尔小姐说，"我没有马上就回头。"

"戴森夫妇，希灵登夫妇，埃丝特，杰克森。他们当中有一个人是杀人凶手。要么，当然啦，还有我自己。"他又添上一句，很显然是后来才想到的。

马普尔小姐淡淡地一笑。

"那他是说这个杀人凶手是个男人吗？"

"是的。"

"好。那就把伊夫林·希灵登，勒基和埃丝特·沃尔特斯去掉。所以你说的杀人凶手——假定所有这些牵强附会的胡说八道全是事实的话——就应该是戴森、希灵登或者我那个油嘴滑舌的杰克森了。"

"或者您本人。"马普尔小姐说。

拉斐尔先生对最后这一句不屑一顾。

"别说这些来惹我，"他说，"我来告诉你我首先发现的，也是你似乎没想到的事吧。假如真是这三个人中的一个，那老帕格雷夫以前怎么就没认出他来呢？真见鬼，在过去的两周时间里，他们可全都是坐在那儿大眼瞪小眼的。这点看起来说不通啊。"

"我认为能说得通。"马普尔小姐说。

"好啊，那你告诉我怎么说得通。"

"您看啊，在帕尔格雷夫少校的故事里，他本人任何时候都没有见过这个男人。这个故事是一个医生告诉他的。医生把那张快照当作稀奇玩意儿送给了他。帕尔格雷夫少校当时没准儿很仔细地看过那张照片，但是过后他可能就只是把它塞到钱包里当成了纪念品。或许他偶尔会把它拿出来，给正在听他讲这个故事的人看。而另一方面呢，拉斐尔先生,我们并不知道这件事发生在多久之前。他讲这个故事的时候并没有向我透露。我是想说这个故事他也可能给别人讲过很多很多年了。五年,十年,也许还要更久。他讲的有些老虎的故事都能回溯到二十年前了。"

"可不是!"拉斐尔先生说。

"所以我从来都没觉得假如帕尔格雷夫少校偶然间遇到这个人的话,他还能认出快照中的那张脸。我认为当时的情形,或者说我几乎可以断定当时的情形是,他一边讲着他的故事,一边翻找那张快照,然后把它拿出来,低头端详照片上那张脸,接着抬起头来发现就在十到十二英尺开外,一张相同的脸,或者酷似的脸正向他这边走过来。"

"是的,"拉斐尔先生思索着说道,"没错,有这种可能。"

"他大吃一惊,"马普尔小姐说,"连忙把照片塞回钱包里,开始大声地顾左右而言他。"

"他不大可能拿得准啊。"拉斐尔先生很敏锐地说道。

"对,"马普尔小姐说,"他是有可能拿不准。不过过后他当然会非常仔细地琢磨那张快照,也会再观察那个人,试图搞清楚他们之间究竟只是长得像还是说那根本就是同一个人。"

拉斐尔先生沉思了片刻,然后摇摇头。

"有些地方不对劲。动机不够充分啊。绝对不够充分。他跟你说话的时候声音很大,对吗?"

"是的,"马普尔小姐说,"相当大声。他一向如此。"

"的确是。没错,他真的就像在喊。这样的话,甭管是谁走过来都有可能听见他说的话了?"

"我想您在那周围就算离得老远都能听到。"

拉斐尔先生再次摇了摇头。他说:"这很荒唐,简直太荒唐了。任何人对这样一个故事都会一笑置之的。一个老糊涂蛋在那儿讲一个别人告诉他的故事，然后拿出一张快照来给人看，而所有这些都是围绕着一桩多年以前发生的谋杀案！或者不管怎么说，至少是一两年以前的事情。这到底有什么能让我们说到的那个男人担心的呢？没有证据，只是一点点道听途说，一个第三手的故事而已。他甚至可以承认长相上的相似，他可以说：'是啊，我长得还真挺像那家伙的，不是吗！哈哈！'没有人会把老帕尔格雷夫的指认当回事儿的。别跟我这么说，因为我不会相信。不，那个家伙，假如真的就是那个家伙，他也没什么可害怕的——一点儿都不用。这是那种他可以一笑置之的罪名。他又干吗非得去谋杀老帕尔格雷夫呢？完全没有必要啊。你必须明白这一点。"

"哦，这点我确实明白，"马普尔小姐说道，"我无比同意您的说法。这也正是令我坐立不安的原因所在。这种不安的感觉甚至到了让我昨晚彻夜难眠的地步。"

拉斐尔先生凝视着她。"那让我听听你心里在想些什么吧。"他平静地说道。

"我可能彻底搞错了。"马普尔小姐迟疑道。

"你是很可能搞错了，"拉斐尔先生以他一贯的无礼语气说道，"不过再怎么说，也还是让我们来听听你在夜深人静的时候都琢磨出什么来了吧。"

"可能这里会有个非常强有力的动机，假如——"

"假如什么？"

"假如还要发生……而且是很快就要发生……另一起谋杀的话。"

拉斐尔先生瞪着她。他试图让身子从椅子里稍微坐起来一点。

"咱儿得把话说清楚。"他说。

"我就是特别不善于解释,"马普尔小姐的双颊泛起了红晕,她有些语无伦次地飞速说道,"假设有人计划好了一桩谋杀。如果您还记得的话,帕尔格雷夫少校给我讲的是一个男人的故事,他的妻子死得很蹊跷。然后,又过了一段时间,在完全相同的情形之下发生了另一起谋杀案。一个名字不一样的男人的妻子以一种几乎一模一样的方式死亡,尽管他更名改姓,讲述这件事的医生还是认出他就是同一个人。嗯,这样看起来,这个杀人凶手似乎是那种嗜杀成性的人,对不对?"

"你是说就像史密斯,浴缸里的新娘那类事情。没错。"

"以我的了解,"马普尔小姐说,"以及我所听说的和我所读到的而言,一个人要是第一次干了这种坏事还能够逍遥法外的话,唉,就会受到鼓励。他会觉得这很简单,会觉得自己非常聪明。于是他就会故伎重演。而到了最后,如您所言,就像史密斯和浴缸里的新娘一样,干坏事成了一种习惯。每一次都会换个地方,每一次这个男人都会换个名字。但是罪行本身却都是如出一辙的。所以在我看来,尽管我也有可能大错特错——"

"但你并不觉得你错了,对吗?"拉斐尔先生见缝插针地说道。

马普尔小姐并未回答这个问题,而是继续说了下去:"但假如真是这样的话,假如这个——这个人把在这里实行一次谋杀的所有事情都准备就绪,好比说,他又要除掉一个老婆,而且如果这是第三次或者第四次罪行,那么少校的故事可能就事关重大了,因为杀人凶手可承受不起任何一点能被人注意到的相似之处。如果您还记得,史密斯恰好就是这么被捉拿归案的。有一桩罪案的情境引起了某个人的注意,那个人又把它跟剪报上的另一桩罪案做了对比。所以您应该明白了,对不对,如果这个坏蛋已经制订了一次犯罪的计划,将诸事安排妥当,而且很快就要付诸实施的话,那他可经不起让帕尔格雷夫少校到处去讲这个故事，还给人看照片。"

她停了下来，以恳求的目光望着拉斐尔先生。

"所以他不得不迅速采取行动，越快越好。"

拉斐尔先生开口了："实际上，就在那天夜里，是吗？"

"是的。"马普尔小姐说。

"手脚得足够麻利，"拉斐尔先生说，"不过还是能办到的。把药放到老帕尔格雷夫的房间里，散布关于高血压的谣言，然后往一杯丰收鸡尾酒里加上一点点我们那种名字冗长的毒药。是这样吗？"

"没错，不过这都已经过去了，我们不需要再为它牵肠挂肚。关键是未来，是现在。随着帕尔格雷夫少校的死以及那张快照的销毁，这个男人可以继续按照计划实施他的谋杀了。"

拉斐尔先生吹了声口哨。

"你已经把这件事全都想明白了，是不是？"

马普尔小姐点点头。她以一种极不寻常，坚定而近乎独断的声音说道："而我们必须得阻止这件事情。您必须要阻止它，拉斐尔先生。"

"我？"拉斐尔先生很惊讶地说道，"为什么是我？"

"因为您既有钱又有地位，"马普尔小姐直言不讳道，"您要是说句话或者提些建议，大家都会留心的。他们一刻都不愿意听我说。他们会说我就是个爱胡思乱想的老太太。"

"他们也许会那样，"拉斐尔先生说，"如果真这样的话那可就太傻了。不过我得说，要是听你平时说的那些话，没人会觉得你的脑壳里还会有智慧。而其实你有一个逻辑清晰的头脑。很少有女人能拥有。"他在椅子里不自在地挪了挪身子。"埃丝特还有杰克森究竟都跑到哪儿去了？"他说，"我需要坐得舒服点儿。不，这活儿你可干不了。你没那么强壮。我不知道他们把我一个人就这么扔在这儿是什么意思。"

"我去找找他们。"

"别,你别去。你就待在这儿——把这个问题解决喽。是他们当中的哪个呢?是那个臭名昭著的格瑞格?或者安静的爱德华·希灵登?还是我那个叫杰克森的家伙?肯定是这三个人中的一个,对不对?"

第十七章　拉斐尔先生接管

"我也不知道。"马普尔小姐说。

"你什么意思啊?我们刚刚聊了二十分钟,都在聊什么呢?"

"我刚才又想到也可能是我弄错了。"

拉斐尔先生瞪着她。

"到底是个糊涂蛋啊!"他厌恶地说道,"你听起来那么信心满满的。"

"哦,我能肯定关于谋杀的事情。我拿不太准的是杀人凶手。您知道,我发现帕尔格雷夫少校讲过不止一个谋杀的故事。您就亲口告诉过我他给您讲了一个有点儿像卢克雷齐娅·波吉亚的故事——"

"他还真是——那么讲的。不过那是个截然不同的故事。"

"我明白。而沃尔特斯太太说他讲过一个某人在煤气烤箱里被煤气毒死的——"

"可他给你讲的故事是——"

马普尔小姐决意要打断他的话,这种情况拉斐尔先生可不经常碰到。

她说话的时候语气极其真挚,只是稍稍有些不连贯。

"您不明白吗,这件事要想确定太难了。最为关键的在于,人们并有没有听——往往如此。问问沃尔特斯太太,她说的话也一样。你一开始还在听,随后注意力就涣散了,心不在焉。接着突然之间,你会发现有些东西你没听着。我只是想知道在他给我讲的故事——关于一个男人——和他掏出钱包来说'想看看杀人凶手的照片吗'之间,有没有可能有个缺口,非常小的缺口。"

"但你认为那是他当时正在说的那个男人的照片?"

"我觉得是——没错。我从来没想过那也有可能不是。不过现在看来——我又怎么能确定呢?"

拉斐尔先生看着她,陷入沉思……

"你的问题就在于,"他说,"你太小心谨慎了。天大的错误啊——下定决心,不要犹豫不决。刚开始的时候你并没有犹豫不决。在我看来,你跟教士的妹妹以及其他人闲聊的时候,就已经抓住了一些让你感到不安的东西。"

"或许您是对的。"

"嗯,现在先不谈这个。咱们接着说说你对着手查案都掌握了些什么。因为一个人最初的判断十有九中——我发现就是这样。我们已经有了三个怀疑对象。咱们把他们择出来看看吧。谁先来?"

"我真的无所谓,"马普尔小姐说,"他们仨人看起来都不太像。"

"我们先看看格瑞格吧,"拉斐尔先生说,"真受不了这家伙。但那也不能认定他就是杀人凶手。不过还是有那么一两件事对他不利。那些治高血压的药是他的。想派上用场太方便了。"

"这也有点儿太明显了,不是吗?"马普尔小姐提出异议。

"我倒不这么觉得,"拉斐尔先生说,"说到底,最主要的问题是要迅速动手,而他手头就有药。没那么多时间去到处找别人还有什么药。

假定说就是格瑞格。好吧。如果他是想干掉他亲爱的老婆勒基——（要我说这事儿干得好。实际上我还挺赞同他的。）那我真的看不出他有什么动机。大家都说他很有钱。他继承了第一任老婆的大笔财产。从这点看，他完全够格成为一个可能的杀妻凶手。可那已经结束了，事情都过去了。他也侥幸逃脱了。而勒基只是他第一任老婆的穷亲戚。她没钱，所以假如他想要干掉她的话，肯定是为了跟别人结婚。关于这点有什么风言风语吗？"

马普尔小姐摇了摇头。

"我没听见过。他……呃……对所有的女士都殷勤有加。"

"嗯，这是老话里好听的说法，"拉斐尔先生说，"没错，他就是个色坯，到处调情。还不够！我们需要的比这更多。咱们再看看爱德华·希灵登吧。要说有哪个人会出乎人意料的话，这就是一个。"

"我觉得他并不是个很快乐的人。"马普尔小姐提出了自己的观点。

拉斐尔先生若有所思地看着她。

"你觉得杀人凶手应该是个快乐的人吗？"

马普尔小姐咳嗽了一声。

"呃，以我的经验来看，他们通常都是。"

"我认为你的经验没什么大用。"拉斐尔先生说。

马普尔小姐本可以告诉他，他这个想法是错的。不过她忍住了没说。绅士们并不喜欢被人从话里挑刺儿，她明白这一点。

"我自己倒认为希灵登更有可能，"拉斐尔先生说，"我有种感觉，觉得他跟他妻子之间有点儿怪怪的。你注意到了吗？"

"哦，是的，"马普尔小姐说，"我注意到了。当然了，他们在大庭广众之下表现得相敬如宾，但那也是理所应当的。"

"对那类人你可能比我了解得更多一些，"拉斐尔先生说，"很好，那么,所有事情都无懈可击,不过爱德华·希灵登酝酿着要以一种绅士的方式除掉伊夫林·希灵登的可能性还是存在的。你同意吗?"

"如果是这样,"马普尔小姐说,"那就必然有另一个女人。"

马普尔小姐不满意地摇摇头。

"我不禁在想——真的是不由自主啊——这件事情不会就这么简单的。"

"好吧,我们接下来该考虑谁了——杰克森?咱们别把我算进来。"

马普尔小姐脸上第一次露出了笑容。

"可咱们为什么要把您排除在外呢,拉斐尔先生?"

"因为如果你想要讨论我是一个杀人凶手的可能性,你得去找别人。跟我说这个就是在浪费时间。而且不管怎么说,我问你,我适合这个角色吗?生活不能自理,像个傀儡似的被人拽着起床穿衣,去哪儿都得坐轮椅,想散个步还得被人推来推去。我究竟能有什么机会去谋杀别人呢?"

"没准儿这个机会和其他人的一样好呢。"马普尔小姐兴冲冲地说道。

"此话怎讲?"

"嗯,我想您自己也同意,您很聪明吧?"

"我当然聪明了,"拉斐尔先生声明道,"而且说实在的,我比这儿的其他任何人脑子都好使。"

"而有头脑,"马普尔小姐继续说道,"就能让您克服要成为一名杀人凶手所面临的身体上的难题。"

"那可得费老劲儿!"

"没错,"马普尔小姐说道,"是得费点儿劲。不过我觉得,拉斐尔先生,您会以此为乐。"

拉斐尔先生盯着她看了好久,然后突然放声大笑起来。

"你还真有胆量!"他说,"你可不像是你表面上看上去的那个温和而肤浅的老太太,对吧?所以说你真的觉得我是个杀人凶手喽?"

"不,"马普尔小姐说,"我觉得不是。"

"为什么呢?"

"呃,说真的,我认为恰好是因为您有头脑。有头脑,您就可以得到您想要的绝大多数东西,而不必依靠谋杀。谋杀是很愚蠢的事情。"

"再说了,我他妈又想要去杀谁啊?"

"这是个很有意思的问题,"马普尔小姐说,"我还不曾有幸跟您长谈过,所以也没能就此推论出个所以然来。"

拉斐尔先生的笑容更灿烂了。

"跟你谈话有可能会有危险。"他说。

"如果您有什么事情想要遮掩的话,谈话总是有危险的。"马普尔小姐说。

"你可能是对的。咱们该说说杰克森了。你对杰克森怎么看?"

"对我来说,这个很难讲。我其实还没有机会跟他说过什么话呢。"

"所以你对他没什么看法?"

"他有点儿让我想起一个人,"马普尔小姐思索着说道,"想起在我家附近的镇文书办公室里的一个年轻人,叫乔纳斯·帕里。"

"然后呢?"拉斐尔先生问了一句又停下来。

"他不是特别,"马普尔小姐说,"让人满意。"

"杰克森也不是完全令人满意。他能够满足我的需求。就工作而言,他是一流的,而且也不介意挨骂。他清楚他挣得足够多,所以很多事情他都能忍。我不会对他委以重任,因此也就不必非得信任他。也许他的过去无可指摘,也许不是。他的推荐信什么问题都没有,但我还是察觉出——怎么说呢——有一丝保留的痕迹。所幸我不是个有什么罪恶秘密的人，所以也成不了敲诈勒索的对象。"

"没有秘密？"马普尔小姐沉思道，"拉斐尔先生，您想必还是有些商业机密的吧？"

"在杰克森能接触的范围里没有。不。别人可能会说，杰克森是个圆滑的人，但我真的不会把他看作杀人凶手。我想说那根本就不是他能干出来的事儿。"

他停顿片刻，又突然开口说道："你知道吗，如果你退后一步再好好看看这件不可思议的事情，看看帕尔格雷夫少校和他那些荒谬可笑的故事，以及其他所有事情的话，就会发现重点完完全全搞错了。我才是那个应该被谋杀的人呢。"

马普尔小姐有些惊讶地看着他。

"合适的人选啊，"拉斐尔先生解释道，"在谋杀故事里谁才是那个被害人？腰缠万贯的老头子嘛。"

"然后又有一大堆人有充分的理由盼着他出局，以便能够拿到钱，"马普尔小姐说道，"这也是真的吗？"

"嗯——"拉斐尔先生斟酌了一下，"我能数出五六个在伦敦的人来，他们若是在《泰晤士报》上看到了我的讣告可是不会泪如雨下的。不过他们也不至于想要我这条老命。说到底，他们又何苦呢？我随时都有可能一命呜呼。事实上那些混蛋非常诧异我能够活这么久。医生们也很吃惊。"

"那是当然，您要活下去的意志非常强烈。"马普尔小姐说。

"我猜你认为这挺奇怪。"拉斐尔先生说。

马普尔小姐摇摇头。

"噢，没有，"她说，"我认为这是很自然的事情。生命就是这样，当你有可能要失去它的时候,就会觉得它弥足珍贵,就会觉得生活妙趣横生。或许不该这样,然而事实如此。当你年纪轻轻的时候,身强力壮,身体健康,生命之路就铺展在你面前,活着其实一点儿都不重要。会轻易自杀的是那些年轻人,出于对爱情的绝望,有时候则纯粹是由于焦虑和烦恼。而老年人却懂得生命是多么值得珍惜,又是多么充满乐趣。"

"哼!"拉斐尔先生哼了一声,"听听这对老家伙在说些什么吧。"

"嗯,我说的都是事实,不是吗?"马普尔小姐问道。

"噢,没错,"拉斐尔先生说,"确实如此。不过你就不觉得我所说的我应该扮演被害人的角色这句话也是对的吗?"

"那要看谁能够从你的死亡当中得到好处了。"马普尔小姐说道。

"谁都得不着,真的,"拉斐尔先生说,"如我所言,除了我在商界的那些竞争对手之外。我还说过,他们很早之前可以舒舒服服地等我退出江湖。我可没那么傻,留下一大笔钱让我的亲戚们去分。政府拿走大头之后他们能落下的可没多少。哦,不,多年以前我就把这些事儿都处理好了。财产授予,信托基金等等。"

"比方说,杰克森就不会从您的死亡当中获益吗?"

"他一个子儿都拿不着,"拉斐尔先生兴高采烈地说道,"我付给他的薪水双倍于他从别人那儿能得到的。那是因为他必须得容忍我的坏脾气;而他也心知肚明,假如我死了他就是输家。"

"那沃尔特斯太太呢?"

"埃丝特的情况也一样。她是个好女人。一流的秘书,聪明,脾气好,善解人意,即便我大发雷霆她也能不动声色,就算我骂她,她也毫不在乎。她就像个好保姆,照看一个蛮横不服管的孩子似的。有时候她也会稍稍有点儿惹我生气,可谁又不会呢?她没有什么过人之处,从很多方面来讲,不过就是个普普通通的年轻女子,但我找不着能比她更适合我的人了。她这一辈子也算是历经磨难。嫁了个人还不怎么样。我得说,只要一事关男人,她就没什么判断力了。有些女人就是没有。任何人只要跟她们诉诉苦,讲点儿辛酸往事,她们就会信以为真,倾心相许。总愿意相信男人所需要的全部就是女人适当的理解。这样只要一把她娶回家,他就会发奋努力,出人头地!可当然了,那种类型的男人才不会这么做呢。不管怎么说,幸亏她那个没法让人满意的丈夫死了;是某一天晚上在宴会上喝多之后跑到了公交车前面。埃丝特还有个女儿要抚养,于是她又重新捡起了秘书的工作。她已经跟了我五年。我从一开始就跟她打开天窗说亮话,让她别指望在我死后能从我这儿得到什么。我同样从一开始就付给她一笔很高的薪水,而且每年我还会以百分之二十五的幅度再给她加薪。甭管这些人有多正派,有多诚实,你都千万不要信任任何人——这就是为什么我会很明确地告诉埃丝特不要对我的死抱有任何期望。我每多活一年,她就能拿到更多的薪水。如果她每年都把这些钱的大部分存起来的话——我觉得她就是这么做的——那等到我咽气的那一天她就会是个相当富裕的女人。我还负担了她女儿的学费,在给她女儿的信托中投了一笔钱,等她成年以后就可以拿到这笔钱。所以埃丝特·沃尔特斯太太其实已经被安置得非常妥当了。我告诉你吧,我的死对她来说就意味着一笔非同小可的经济损失。"他的眼睛死死盯着马普尔小姐,"所有这些她都了如指掌。她可是非常明智的,埃丝特就是这样。"

"那她和杰克森合得来吗?"马普尔小姐问道。

拉斐尔先生迅速瞟了她一眼。

"看出什么来了,是吗?"他说,"没错,我觉得杰克森是有点儿四处乱搞,而且也盯上了她,尤其是最近。当然了,他长相挺不错的,但是这对于他的目标来说起不到什么作用。首先,他俩有等级差异。她比他稍高那么一点,倒也不是特别多。她要真是高他一等也就没什么关系了,不过这些下层中产阶级啊——他们太挑剔了。她母亲是个学校里的老师,她父亲是个银行职员。不,她才不会允许自己在杰克森身上犯傻呢。我敢说他是看上了她存的那笔小钱,不过他可拿不着。"

"嘘——她过来了!"马普尔小姐说道。

两人一起看着埃丝特·沃尔特斯沿着酒店的小路向他们这边走来。

"你知道吗,她其实还是个挺好看的女人,"拉斐尔先生说,"只不过一点儿都不迷人。我也不知道为什么,她明明挺漂亮的嘛。"

马普尔小姐叹了口气,不管多老的女人,看到被认为是错失良机的情境时都会发出这样的叹息。马普尔小姐这一生中,有太多种说法可以用来描述埃丝特所缺少的东西。"对我来说真的算不上迷人。""一点儿都不性感。""眼神儿不勾人。"其实她有着一头金发,红润的肤色,淡褐色的眼睛,相当不错的身材,和蔼可亲的笑容,但就是缺少能让男人们在街上为之回头的东西。

"她应该再婚。"马普尔小姐压低了声音说道。

"她当然应该。她能让男人得着个好老婆。"

埃丝特·沃尔特斯来到他们身边,拉斐尔先生用稍显做作的声音说道:

"你可算来了!一直忙什么呢?"

"今天早上大家似乎都在那儿发电报,"埃丝特说,"而且还都想要退房——"

"想要退房,是吗?都是这桩谋杀闹的?"

"我估计是。可怜的蒂姆·肯德尔都快愁死了。"

"他是得愁死。我不得不说,这小两口儿也真够倒霉的。"

"我知道。我估计对他们而言在这个地方接手这家酒店可着实是件大事。他们一直都很尽心,一心想要获得成功。他们也的确干得非常棒。"

"他们干得确实很好,"拉斐尔先生赞同道,"男的很能干,还他妈特别能吃苦。而他太太是个非常好的姑娘——也很迷人。他们俩干起活来就跟黑人一样,虽说这话用在这儿挺奇怪的,因为就我目前所见,黑人干活才不那么玩儿命呢。我就看见一个家伙爬到一棵椰子树上吃他的早餐,然后一天当中剩下的时间就在那儿睡大觉。这种日子可真舒服。"

他随后又说道:"我们一直在这儿讨论谋杀案呢。"

埃丝特·沃尔特斯似乎有点儿惊愕。她转过头去看着马普尔小姐。

"我低估她了,"拉斐尔先生以特有的直率口吻说道,"一点儿都不像那些老太太们,只知道打毛线聊闲天儿。这位可有点儿与众不同,她长着眼睛长着耳朵,而且还能听会看。"

埃丝特·沃尔特斯满怀歉意地看着马普尔小姐,可马普尔小姐看起来却并不生气。

"您知道吗,这真的是在恭维您呢。"埃丝特解释道。

"这一点我很了解,"马普尔小姐说,"而且我知道拉斐尔先生享有特权,或者说他觉得他有。"

"有特权——你什么意思?"拉斐尔先生问道。

"想粗暴无礼的时候就粗暴无礼啊。"马普尔小姐说。

"我粗暴无礼过吗?"拉斐尔先生惊讶地说道,"如果我冒犯了你,我很抱歉。"

"您没冒犯过我,"马普尔小姐说,"这些我都能体谅。"

"行啦,快别说废话了。埃丝特,拿把椅子过来。没准儿你也能帮上忙呢。"

埃丝特几步走到小屋的凉廊那儿,拿过来一把轻质的柳条椅。

"咱们接着讨论吧,"拉斐尔先生说,"我们是从已故的老帕尔格雷夫,以及他那些没完没了的故事开始的。"

"噢,天哪,"埃丝特叹了口气,"恐怕我都是能躲就躲。"

"马普尔小姐就更有耐心一点,"拉斐尔先生说,"告诉我,埃丝特,他有没有给你讲过一个关于杀人凶手的故事?"

"哦,讲过,"埃丝特说,"讲过好几次呢。"

"故事具体什么内容?我们听听你都能想起什么来。"

"呃——"埃丝特停下来想了想。"问题就在于,"她抱歉地说道,"我其实并没有很认真地在听。您知道,那都是些关于罗得西亚①的狮子之类的恐怖故事,的确是没完没了。真的让人慢慢就变得充耳不闻了。"

"嗯,那就告诉我们你还记得些什么。"

"我想那是从报纸上登载的某件谋杀案开始说起来的。帕尔格雷夫少校说他曾经有过一段不是每个人都有过的经历。他说他其实面对面地碰见过一个杀人凶手。"

"碰见?"拉斐尔先生惊呼道,"他真的是用'碰见'这个词?"

埃丝特看起来有几分困惑。

"我觉得是。"她有些含糊,"他也可能说的是'我能给你指出一个杀人凶手来。'"

"嗯,到底是怎么说的?这两者可有区别。"

---

① 津巴布韦的旧称。

"我真的说不准……我记得他说他要给我看一张谁的照片。"

"这还像回事儿。"

"然后他又说了好多关于卢克雷齐娅·波吉亚的事情。"

"甭管什么卢克雷齐娅·波吉亚了。她的事儿我们都知道。"

"他谈到了投毒的人,说那个卢克雷齐娅漂亮极了,有一头红发。他说很可能这个世界上投毒的女人比任何人所知道的都多得多。"

"我恐怕很可能就是这样。"马普尔小姐说道。

"他还说起毒药是女人的武器这样的话题。"

"似乎有点儿跑题了。"拉斐尔先生说。

"嗯,当然,他讲故事的时候总是会跑题。这时候别人通常就不认真听了,只是随口说一句'哦'或者'真的吗?'或者'不可能吧'。"

"那他想要拿给你看的照片呢?"

"我不记得了。也可能是他在报纸上看到的吧——"

"他其实并没有拿快照给你看?"

"快照?没有。"她摇了摇头,"这一点我十分确定。他确实说过她是个长得很好看的女人,还说你要是看见她的话,无论如何都不会想到她是个杀人凶手。"

"她?"

"你看吧,"马普尔小姐高声叫道,"这下子全乱了。"

"他说的是个女人?"拉斐尔先生问道。

"噢,是啊。"

"那张照片是个女人的快照?"

"没错。"

"不可能啊!"

"但就是这样的呀,"埃丝特坚持道,"他说'她就在这个岛上。我会把她指给你看，然后将故事从头到尾给你讲一遍。'"

拉斐尔先生开始骂街。一说起对于已故的帕尔格雷夫少校的看法，他就口不择言。

"极有可能，"他最后说道，"他说的话没一句是真的！"

"还真是让人有点儿纳闷。"马普尔小姐喃喃自语道。

"所以我们看吧，"拉斐尔先生说，"那个老傻瓜从打猎的故事开始讲起。扎头野猪，打头老虎，捕猎头大象，再从狮子嘴里死里逃生。这里面有那么一两件也许是真的。还有几件是编的，剩下的都是在别人身上发生的事儿！随后他就说到谋杀这个话题，他讲完一个谋杀故事，再讲一个谋杀故事。这还不算完，他讲的时候还都说得跟他亲身经历过似的。大多数故事十有八九都是他在报纸上或者电视里看过，然后东拼西凑出来的。"

他一脸责备地转向埃丝特："你也承认你没有很认真地听。没准儿就是你误解了他所说的话呢。"

"我很有把握他说的就是个女人，"埃丝特固执地说道，"当然了，那是因为我心里还琢磨过那会是谁。"

"那你觉得是谁？"马普尔小姐问道。

埃丝特的脸腾的一下就红了，看上去有几分尴尬。

"噢，我其实不是——我是想说，我并不喜欢——"

马普尔小姐没有再追问下去。她想，拉斐尔先生的在场，对于她确切地搞清楚埃丝特·沃尔特斯心里想的是谁并没有什么好处。那只能在两个女人私下里面对面舒舒服服说悄悄话的时候才能套出来。当然，埃丝特·沃尔特斯也有可能在撒谎。马普尔小姐自然不会把这种想法明说出来。她把这作为一种可能性记在心里，只是她并不愿意相信这是真的。一方面，她觉得埃丝特·沃尔特斯不是个会说谎的人

（虽说谁也不知道）；另一方面，她也实在看不出来有什么必要撒这个谎。

"可你说了，"拉斐尔先生现在转过来看着马普尔小姐，"你说他给你讲了这个有关杀人凶手的故事，然后还说他有一张那个男人的照片要给你看。"

"是这样，没错。"

"你认为是这样的？你一开始的时候可是信誓旦旦的啊！"

马普尔小姐毫不示弱地反驳道：

"复述一段谈话，还要把谈话中对方所讲的话一字不差地重复出来，这从来就不是件简单的事。人总是很容易一把就抓住你以为对方要表达的意思，然后又会把表达这些意思的话说出来。帕尔格雷夫少校是给我讲了这个故事，没错。他告诉我给他讲这个故事的人，也就是那个医生，给他看了那个杀人凶手的快照；不过实事求是地说，我必须承认他对我说的是'你想要看一张杀人凶手的快照吗？'，而我自然而然地认为那就是他刚刚说起过的那张快照。也就是他的故事里那个凶手的快照。然而我不得不承认有可能——虽然可能性很小，但却依然有可能——由于他脑子里的印象产生了关联，这就使得他从以前别人拿给他看的那张快照一下子跳到了最近他拍的一张快照上，这张快照拍的就是这里的某个人，而这个人他确信是个杀人凶手。"

"女人哪！"拉斐尔先生恼火地哼了一声，"你们全都一样，全都是那么可恶！没个准头！对于一件事究竟是怎么回事你们从来都不会有十足的把握。现在可好，"他紧跟着暴躁地说道，"我们该怎么办？"随后他又从鼻子里哼了一声，"是伊夫林·希灵登，还是格瑞格的老婆勒基？整件事情一团糟。"

这时响起一声略带歉意的轻咳，亚瑟·杰克森站在了拉斐尔先生身边。他悄无声息地来到这里,谁都没有注意到他。

"按摩时间到了,先生。"他说。

拉斐尔先生顿时火冒三丈。

"你这么鬼鬼祟祟地走过来,还吓我一大跳,什么意思啊?我根本没听见你的动静。"

"非常抱歉,先生。"

"我觉得我今天不用做什么按摩了。那玩意儿对我他妈一点儿用都没有。"

"哦,得了吧先生,您可千万别这么说。"杰克森一副游刃有余的职业状,"您要是不按摩,马上就会察觉到不一样。"

他灵巧地推着轮椅转了个身。

马普尔小姐站了起来,冲埃丝特微微一笑,随后朝着海滩那边走了过去。

第十八章　牧师不在场

1

这天上午,海滩上显得有些空旷。格瑞格像往常那样在海水里扑腾,喧闹之声不绝于耳,勒基脸朝下趴在沙滩上,被阳光晒成深色的后背上涂满了油,一头金发在肩膀上披散开来。希灵登夫妇并不在这里。卡斯比埃罗夫人在一群各式各样的先生们的陪同下仰面朝天躺着,用低沉的嗓音说着快活的西班牙语。有几个法国和意大利孩子在水边欢笑嬉闹。普雷斯科特教士和普雷斯科特小姐坐在沙滩椅上注视着眼前的场景。教士用他的帽子向前斜遮住眼睛,看起来快要睡着了。普雷斯科特小姐身旁正好有一张空着的椅子,马普尔小姐走过去坐了下来。

"哦,天哪。"她深深叹了口气说道。

"我明白。"普雷斯科特小姐说。

这是她们俩对于横死事件的共同感叹。

"那个可怜的姑娘。"马普尔小姐说。

"太让人难过了,"教士说道,"悲惨至极。"

"有那么一阵子,"普雷斯科特小姐说,"我们,杰里米和我,真的想过要离开。不过后来我们决定还是不走了。我认为那样的话对于肯德尔夫妇而言的确太不公平了。再怎么说,这又不是他们的错——这种事情在任何地方都有可能发生。"

"生命之中,死亡相随。"① 教士庄重地说道。

"要知道,对他们来说,"普雷斯科特小姐说道,"把这个地方经营好无比重要。他们把所有的本钱都砸进去了。"

"一个特别温柔可亲的姑娘,"马普尔小姐说,"不过最近看上去气色一点儿都不好。"

"太紧张了,"普雷斯科特小姐附和道,"当然了,她们家——"她说着摇了摇头。

"琼,我真的觉得,"教士说话的口气里听得出责备,"有些事情吧——"

"这件事是个人都知道,"普雷斯科特小姐说,"她家就住在我们家附近。有一个姑婆——极其怪异——还有其中一个叔叔在地铁站里就把身上的衣服全都脱光了。在绿园那站,我记得是。"

"琼,这种事情可不该一而再再而三地说。"

"让人非常难过,"马普尔小姐摇着头说道,"虽然我相信那也不是什么非比寻常的精神错乱表现。我们以前为亚美尼亚救济会工作的时候我听说过,有个德高望重的老牧师就是被同样的问题所折磨。他们给他妻子打了电话,她立刻就赶过来,用一条毯子把他裹起来,叫了辆出租车把他带回家了。"

"当然了,莫利的直系亲属都没什么问题,"普雷斯科特小姐说,

---

①语出基督教会圣公会的《公祷书》。

"她跟她母亲向来都不太合得来，不过现如今似乎能跟自己母亲相处融洽的姑娘也是凤毛麟角。"

"真可惜啊，"马普尔小姐说着又摇了摇头，"因为一个年轻姑娘其实真的需要母亲教给她们一些人情世故以及生活经验。"

"千真万确，"普雷斯科特小姐郑重其事地说道，"你知道吗，莫利以前跟某个男人交往过——就我所知，是特别不合适的那种。"

"这种事情司空见惯。"马普尔小姐说。

"很自然，她们家人并不赞成。她自己没亲口告诉他们。他们完完全全是从一个外人那儿听说的。她母亲当然会说她必须得把他带来，好让他们也正经见见本人。据我所知，莫利没答应这个要求。她说这么做太伤他自尊。被逼着来见她的家人，还得被他们相看，这简直太丢人了。她说这就跟在相一匹马一样。"

马普尔小姐叹了口气。"跟年轻人打交道还真是需要讲究很多策略啊。"她喃喃自语道。

"不管怎么说，结果就是这样。他们不让她再去见他。"

"但是如今你可不能这么干，"马普尔小姐说，"姑娘们都有工作，她们想见什么人就见什么人，甭管你是谁，想拦也拦不住。"

"不过所幸的是，"普雷斯科特小姐继续说道，"她遇见了蒂姆·肯德尔，而另外那个男人呢，渐渐地也就淡出她的生活了。我都没法跟你形容她的家人是如何大松了一口气啊。"

"我希望他们也别表现得太明显，"马普尔小姐说道，"那样的话常常会使姑娘们更不愿意跟家人建立良好关系。"

"嗯，没错。"

"让人想起了自己啊——"马普尔小姐低声说着，思绪已经飞回了过往。那是一个她在槌球聚会上遇见的年轻人。他人看上去非常好——相当快活,他的各种见解几乎有些放浪不羁的味道。后来谁也没料到他居然受到了她父亲的热情欢迎。他符合要求,是个适当的人选;他不止一次地被请到家里做客,来去自由,而马普尔小姐那时候就发现他其实很愚钝。非常无趣。

教士似乎已经睡踏实了,马普尔小姐开始试探着把话题往她急于寻求的方向去引导。

"当然,你对这个地方实在是太熟悉了,"她咕哝道,"你们连着好几年都到这儿来,不是吗?"

"嗯,去年还有之前的两年都来了。我们特别喜欢圣奥诺雷。这儿的人总是很和善,不是那帮超级有钱的浮华炫富之辈。"

"所以我猜你们应该很了解希灵登和戴森夫妇吧?"

"没错,相当了解。"

马普尔小姐咳嗽了两声,然后稍稍压低了嗓音。

"帕尔格雷夫少校给我讲过一个特别有意思的故事。"她说。

"他有一肚子的故事可讲,不是吗?当然了,他旅行的足迹遍布各地。我记得有非洲、印度,甚至还有中国呢。"

"是啊,没错,"马普尔小姐说道,"不过我不是指那些故事当中的一个。这个故事涉及——呃,涉及我刚才提到的那些人中的某个人。"

"噢!"普雷斯科特小姐说。她的声音显得意味深长。

"是的。现在我就想知道——"马普尔小姐的眼光缓缓转向了海滩,落在趴在那里晒着后背的勒基身上。"晒得可真漂亮啊,不是吗?"马普尔小姐评论道,"还有她的头发。迷人至极。实际上跟莫利·肯德尔的头发颜色是一样的,对不对?"

"唯一的区别,"普雷斯科特小姐说道,"就在于莫利是天生如此,而勒基那是染出来的!"

"行啦,琼,"教士出人意料地再次醒来,抗议道,"你不觉得说这种事情有点儿不厚道吗?"

"这算不上不厚道,"普雷斯科特小姐尖酸刻薄地说,"只不过是个事实而已。"

"在我看来就很好看。"教士说。

"那是当然。要不她干吗要染。不过亲爱的杰里米,我敢跟你打包票,这种事情骗不过任何一个女人的眼睛。对吧?"她转向马普尔小姐寻求支持。

"呃,我恐怕……"马普尔小姐说道,"我当然不像你那么有经验……不过我恐怕……没错,我得说那看起来就是很不自然。每隔四五天发根那儿就……"她看了看普雷斯科特小姐,两人同时点了点头,波澜不惊,却又充满了女性的自信。

教士看上去似乎又睡着了。

"帕尔格雷夫少校给我讲了一个特别离奇的故事,"马普尔小姐悄声说道,"是关于,呃,我也说不太清楚。有时候我耳朵有点儿背。他似乎是说或是暗示——"她停顿了一下。

"我知道你什么意思。那时候,还真是流言满天飞——"

"你是说在——"

"就在第一任戴森太太死的时候。她的死让人始料未及。事实上,大家都觉得她是个无病呻吟的人[①]——疑病症患者。所以,当她那么出人意料地发病而死的时候,大家自然就会议论纷纷。"

"那会儿就没有——什么——麻烦吗?"

"医生也很困惑。他是个很年轻的小伙子,没有太多经验。拿我的

[①]原文为法语。

话来说,他是那种用抗生素包治百病的人。你知道,就是那种不会费心多看病人一眼,或者操心他得的是什么病的人。他们只是从药瓶里拿出某种药片给病人,要是没好转的话就再换一种药试试。是的,我相信他也觉得疑惑,不过似乎她以前就得过胃病。至少她丈夫是这么说的,好像也没有什么理由去相信哪里有问题。"

"但你自己觉得——"

"嗯,我总是尽力去摒弃成见,不过你也知道,心里还是会有些疑惑。大家传出来的各种说法——"

"琼!"教士坐起身来。他看上去一副要打架的样子。"我不喜欢——我真的不喜欢听见这种恶意歪曲的流言蜚语被人重复来重复去。我们一向都是坚决反对这种事情的。非礼勿视,非礼勿听,非礼勿言——更重要的是,非礼勿思!这应该是每一个基督教男女信徒的箴言才对。"

两个女人坐在那里,默不作声。她们受到了斥责,出于教养,她们听从了一个男人的批评。不过在内心深处,她们感到有些沮丧,有些恼怒,而且一点儿都不后悔。普雷斯科特小姐毫不掩饰怒火地瞥了她哥哥一眼。马普尔小姐则拿出了她的毛线活儿,盯着它看。幸好运气这次站在了她们这一边。

"神父①。"一个又尖又细的声音叫道。原来是在水边玩耍的那群法国孩子当中的一个。谁都没有注意到她已经走了过来,就站在普雷斯科特教士的椅子边上。

"神父②。"她用长笛般的声音叫道。

---

①原文为法语。
②原文为法语。

"哎?怎么了,亲爱的?好吧,出什么事儿了吗,我的孩子①?"

那孩子解释说,他们为接下来该轮到谁用游泳圈以及其他一些在海边玩耍时的规矩争得不可开交。普雷斯科特教士极其喜欢孩子,尤其是小女孩。他向来都很高兴被叫去给他们的争论做仲裁人。此刻他就心甘情愿地站起身来,陪着那个孩子向水边走去。马普尔小姐和普雷斯科特小姐长出了一口气,又迫不及待地转向了彼此。

2

"杰里米特别讨厌添油加醋的闲话,当然,他这样做是正确的,"普雷斯科特小姐说,"不过人其实也不可能对别人说的话充耳不闻。而且就像我所说的那样,当时有一大堆的风言风语。"

"哦?"马普尔小姐的语气在催促着她继续往下说。

"你知道吗?这个年轻女人,我记得当时还是叫格雷特雷克斯小姐吧,我现在记不太清了,她照顾戴森太太,是她的一个表亲。负责喂她吃药之类的。"她毫无意义地停顿了一小会儿,"当然啦,就我所知——"普雷斯科特小姐压低了声音,"戴森先生和格雷特雷克斯小姐之间有点儿什么。好多人都已经注意到他们俩了。我是说这样的事情在这种地方很快就能被人看出来。接着就传出一种奇怪的说法,说爱德华·希灵登帮她在药店里买了某种药。"

"噢,这里面还有爱德华·希灵登的份儿?"

"哦,是啊,他被迷得神魂颠倒的。大家都注意到了。而勒基——

---

①原文为法语。

格雷特雷克斯小姐则在他们两人之间挑拨离间。就是格雷戈里·戴森和爱德华·希灵登。你不得不承认,她一直都是个很有魅力的女人。"

"虽说不像以前那么年轻了吧。"马普尔小姐回应道。

"一点儿都没错。不过她的穿着打扮总是特别得体。她还只是个穷亲戚的时候当然不像现在这么艳光四射。她总是表现得对病弱之人特别尽心尽力。不过,嗯,现在你也看见是怎么回事了。"

"关于那家药店又是怎么回事呢,这事儿是怎么传出来的啊?"

"呃,这事不是在詹姆斯敦发生的,我记得那是他们在马提尼克岛的时候。我相信涉及药品方面问题时,法国人比咱们可要松懈得多——那个药剂师说给了某人听,然后故事就传开了——嗯,你也清楚这种事情都是怎么发生的。"

马普尔小姐的确知道。没人比她知道得更清楚了。

"他好像说什么希灵登上校想要某种药,却似乎又不清楚想要的是什么药。他拿出张纸来看,你知道,那纸上写着药的名字。不管怎么样,就像我说的,闲话就传了出来。"

"不过我完全不明白希灵登上校为什么要——"马普尔小姐困惑地皱起了眉头。

"我猜他只是被人利用罢了。反正格雷戈里·戴森没过多久就又结婚了,间隔时间短得实在有失体统。据我所知,也就过了将将一个月。"

两个人相互对视了一眼。

"可是这里面真的就没有一丝嫌疑吗?"马普尔小姐问道。

"噢,没有,那些也不过就是些——呃,谣传吧。这里面当然很可能什么名堂都没有。"

"帕尔格雷夫少校可觉得事有蹊跷。"

"他这么跟你说的?"

"我其实听得也不是特别仔细,"马普尔小姐承认道,"我只是想知道他是否——呃——就是说,他有没有跟你说过同样的话。"

"他有一天确实把她指给我看了。"普雷斯科特小姐说道。

"真的吗?他真的把她指认出来了?"

"没错。说实在话,我一开始还以为他指的是希灵登太太呢。他咪咪地窃笑着跟我说道,'看看那边那个女人。在我看来,她就是个杀完了人还能够逍遥法外的女人。'我当然是吓了一大跳。我说,'你肯定是在开玩笑呢,帕尔格雷夫少校,'而他说,'好吧,好吧,亲爱的女士,你就当我是开玩笑吧。'戴森夫妇和希灵登夫妇就坐在离我们很近的一张桌子边上,我真害怕他们无意中听到了。他笑着说道:'我可不愿意去参加鸡尾酒会时,赶上这样的人给我调酒。那简直就像是跟波吉亚家的人共进晚餐一样啊。'"

"真是太有意思了,"马普尔小姐说道,"他有没有提到过……一张……一张照片?"

"我不记得了……是什么剪报之类的吗?"

马普尔小姐正要开口说话,却又闭上了嘴。一个身影随即挡住了阳光。伊夫林·希灵登在她们身边停住了脚步。

"早上好。"她说。

"我正纳闷你去哪儿了呢。"普雷斯科特小姐满面生辉地仰起脸来说道。

"我刚去了趟詹姆斯敦,买东西。"

"哦,我明白了。"

普雷斯科特小姐带有几分暧昧地往四下里看了看,伊夫林·希灵登说道:

"噢,我没带着爱德华一起去。男人们讨厌买东西。"

"你找到什么有意思的东西了吗?"

"我不是去逛街。我只是不得不去一趟药店。"

她微微一笑,轻轻点了点头,便继续朝着海滩那边走去。

"希灵登两口子,真是很不错的人,"普雷斯科特小姐说道,"虽说想要了解她还真不是那么容易的事,对吧?我是说,她总是特别和蔼可亲,令人愉快啊,但你对她似乎永远都不可能了解得更多了。"

马普尔小姐深思了一下,表示赞同。

"你永远都不知道她心里在想什么。"普雷斯科特小姐说。

"说不定那样倒好。"马普尔小姐说。

"你说什么?"

"哦,其实也没什么,只是我总有这种感觉,或许她心里的想法会让人觉得不安吧。"

"哦,"普雷斯科特小姐一脸困惑地说道,"我明白你的意思。"她稍稍改变了一下话题,继续说道:"我知道他们在汉普郡[①]有个非常漂亮的住处,还有一个儿子……要么就是两个儿子……刚刚去了……或者是其中一个去了……温彻斯特[②]。"

"你很熟悉汉普郡吗?"

"不。几乎一点儿都不了解。我听说他们的房子在奥尔顿附近的什么地方。"

"我明白了。"马普尔小姐顿了顿,接着说道,"那戴森夫妇住在哪儿呢?"

"加利福尼亚,"普雷斯科特小姐说,"那是指他们在家的时候。他

---

① 英格兰南部沿海一郡。
② 英格兰南部城市。

们可是大旅行家。"

"一个人对于在旅途当中结识的人其实了解得少之又少,"马普尔小姐说道,"我的意思是——怎么说呢——你其实只知道他们挑选出来想告诉你的那些关于他们的事情,对不对?比如说,你其实并不知道戴森夫妇是不是真的住在加利福尼亚。"

普雷斯科特小姐看上去一脸惊愕。

"我确信戴森先生提到过。"

"是的。是的,一点儿都没错。我要说的就是这个意思。对于希灵登夫妇来说或许也是同样的情况。我想说当你说起他们住在汉普郡的时候,你其实是在重复他们跟你说的话,对不对?"

普雷斯科特小姐显得有些惊慌失措。"你是说他们并不是住在汉普郡?"她问。

"不,不,绝无此意,"马普尔小姐赶忙表示歉意道,"我只是拿他们打个比方,为了说明一个人对于其他人究竟能知道些什么,或者不能知道些什么。"她紧跟着又说道:"我就曾经告诉过你我住在圣玛丽米德,那是个你听都没听说过的地方,这一点毫无疑问。那么如果让我说的话,你虽然知道这件事,但却并不是你自己原本就知道的,对吗?"

普雷斯科特小姐强忍着才没对马普尔小姐说,她其实压根就不关心她住在哪儿。那不过是英格兰南部乡下的某个地方,她所知道的也就是这么多了。"噢,我真的明白是你什么意思了,"她忙不迭地表示赞同,"我还知道一个人身处异国他乡时怎么小心谨慎都不为过。"

"我其实并不是那个意思。"马普尔小姐说。

一些古怪的想法拂过马普尔小姐的心头。她问自己,她当真知道普雷斯科特教士和普雷斯科特小姐就是货真价实的普雷斯科特教士和普雷斯科特小姐吗？他们说他们是。没有任何证据能够反驳他们。其实戴上个牧师领，穿上件与之相称的衣服，说话的时候注意一下谈吐真的挺简单的，不是吗？假如这里面有动机的话……

马普尔小姐对于自己平时所生活的世界中那些神职人员十分了解，但普雷斯科特兄妹是从北方来的。好像是达勒姆[①]，不是吗？她丝毫不怀疑他们就是普雷斯科特兄妹，只是问题兜了一圈之后又回到了原点——你相信的依然是别人对你所说的话。

或许人们对于这种情况应该多加警惕。或许……她若有所思地摇了摇头。

---

①英格兰东北部城市。

第十九章 一只鞋子的用途

普雷斯科特教士从海边回来了,有点儿上气不接下气(跟孩子们玩耍总是让人筋疲力尽)。

不一会儿,他们兄妹俩就觉得海滩上有点儿太热,于是便返回了酒店。

"但是,"他们走开的时候,卡斯比埃罗夫人带着几分轻蔑说道,"海滩上怎么可能太热呢?真是胡说八道。再看看她穿的那个样子——胳膊和脖子都盖得严严实实的。也没准儿那样倒好。她的皮肤太寒碜了,就像一只拔光了毛的鸡!"

马普尔小姐深吸了一口气。想跟卡斯比埃罗夫人聊聊的话,要么就趁现在,要么就再也没机会了。很不幸的是,她不知道有什么可说的。看起来似乎她们两个人之间没有任何共同语言。

"您有孩子吧,夫人?"她询问道。

"我有三个小天使。"卡斯比埃罗夫人亲吻着自己的手指尖说道。

马普尔小姐有些不太确定这句话的意思究竟是说卡斯比埃罗夫人的子女都已经升入了天国,还是仅仅用来说明他们的品性。

一旁的一位绅士用西班牙语说了一句话,卡斯比埃罗夫人激赏地昂起头，开怀大笑起来。

"你明白他说的是什么吗？"她问马普尔小姐。

"恐怕不太明白。"马普尔小姐抱歉地说道。

"不明白也好。他就是个坏蛋。"

紧接着是一阵兴高采烈的说笑，全是西班牙语，语速飞快。

"真是太无耻了——真差劲，"卡斯比埃罗夫人突然又换成英语严肃地说道，"那些警察不让我们离开这个岛。我大发雷霆，尖叫，跺脚——可他们就会说不行——不行。你知道这样的话最终会如何收场吗——我们都会被杀掉的。"

她的保镖试图给她宽宽心，打消她的疑虑。

"但是没错啊，我跟你说了这地方不吉利。我打一开始就知道——那个老少校，特别丑的那个，他拥有邪恶之眼①，你记得吧？他的眼睛还是斗鸡眼——那样子让人看了就不舒服！每次他往我这边看的时候我就会做恶魔角的手势②。"她随即打了个手势作为说明，"不过由于他是斗鸡眼，我也总是拿不准他究竟是不是在往我这边看——"

"他有一只玻璃做的假眼，"马普尔小姐解释道，"就我所知是因为一起事故，当时他还很年轻。那不是他的错。"

"我告诉你他带来了厄运——我说这就是他拥有的邪恶之眼。"

她的手又一次猛地伸出来，摆出那个众所周知的拉丁手势——食指和小指伸开，中间的两个指头弯回来。"不管怎么说，"她高兴地说道，"他死了，我再也不必看见他了。我实在不喜欢看到丑陋的东西。"

马普尔小姐心想，这对于帕尔格雷夫少校来说是句多少有些残忍

---

① 传说中一种可以使人遭受灾难的诅咒。
② 食指与小指伸直，同时拇指压住屈曲的中指和环指，该手势在一些国家中有消灾避祸的含义。

的墓志铭。

在更远一点的海滩那边,格雷戈里·戴森刚刚从海水中走出来。勒基已经在沙子上翻了个身。伊夫林·希灵登正看着勒基,出于某种原因,她脸上的表情令马普尔小姐感到不寒而栗。

"在这样的炎炎烈日之下,我肯定不会觉得寒冷。"她心想。

那句老话怎么说来着——"一只鹅正从你的坟墓上走过。"①

她站起身来,慢慢地走回她的小屋去了。

在半路上,她与拉斐尔先生和埃丝特·沃尔特斯擦肩而过,他们正要去下面的海滩。拉斐尔先生冲她使了个眼色。马普尔小姐并没有给予回应。她看上去一脸的不以为然。

她走进小屋,躺倒在床上,觉得自己既苍老又疲惫还忧心忡忡。

她相当确信不能再耽误时间了……也没有时间……可以……耽误了……就要来不及了……太阳就要落山了——太阳——你要是想看太阳的话,必须得透过茶色玻璃——别人给过她的那块茶色玻璃放在哪儿了呢……

不,她终究不需要它。一个阴影移过来挡住了阳光。一个阴影。伊夫林·希灵登的身影——不,不是伊夫林·希灵登——阴影(那话怎么说来着?)死亡之谷的阴影。就是这个。她必须——怎么样来着?做一个恶魔角的手势以避开邪恶之眼——帕尔格雷夫少校的邪恶之眼。

她忽闪着张开了眼皮——她刚才睡着了。但是那里的确有一个阴影——有人在透过她的窗户往里看。

那个阴影走开了,而马普尔小姐也看清了那是谁——那是杰克森。

"真是粗鲁无礼——居然像那样偷窥,"她心想,接着又补上一句,

---

① 一种带有迷信色彩的古老说法,当鹅从你最终将会长眠的墓地上走过时,你会感到寒冷并且起鸡皮疙瘩。

"就跟乔纳斯·帕里一样。"

这个类比对于杰克森来说可不是什么溢美之词。

接着她开始纳闷起来,杰克森为什么要向她的卧室里面窥视呢?想看看她在不在?还是说注意到她在屋里,但是睡着了?

她起身走到卫生间里,透过窗户小心翼翼地向外窥探。

亚瑟·杰克森正站在隔壁小屋的门前。那是拉斐尔先生的小屋。她瞧见他迅速地往四下里看了一眼,随后马上溜了进去。有意思,马普尔小姐心想。他为什么非得鬼鬼祟祟地往四下里探看呢?他进拉斐尔先生的小屋实在是再自然不过的事情,因为他自己在小屋的后部就有一个房间。他总是因为要跑腿儿干各种差事而进进出出。那为什么还要那样匆匆忙忙,像要做什么亏心事似的四下张望呢?"只有一个原因,"马普尔小姐自问自答道,"他想确认没有人会注意到他在这个特定的时间进到屋里去,因为他在里面要做点儿什么事情。"

当然,此时此刻除了那些外出的人,其他人全都在海滩上。再过二十分钟左右,杰克森自己也会到海滩上去帮助拉斐尔先生洗个海水澡,那是他的职责。如果他想在小屋里做任何事情还不被人看见的话,现在是个绝佳的时机。他已经搞清楚马普尔小姐在床上睡觉,他也搞清楚这附近没有别人会注意到他的一举一动。好吧,那她就必须要尽其所能去关注他的一举一动了。

马普尔小姐在床边坐下,脱掉她干净整洁的凉鞋,换上一双轻便的胶底帆布鞋。随后她摇了摇头,脱掉帆布鞋,在箱子里翻找了一下,又拿出一双鞋来,这双鞋其中一只的后跟最近被一个门上的钩子钩住过。现在这个鞋跟稍微有些不稳当,而马普尔小姐娴熟地用指甲锉把它变得更加岌岌可危。然后她有备无患地只穿着长筒袜就走出了门。马普尔小姐蹑手蹑脚地绕着拉斐尔先生的小屋走了一圈,小心得就像个逆着风向接近羚羊群的猎人。她谨小慎微地绕过屋子的转角,穿上一只她带着的鞋,又最后拧了一下另一只的鞋跟,接着她轻轻地跪下来,趴在了窗子底下。如果杰克森听见了什么动静,如果他来到窗边往外看,他会看到一个老太太因为鞋跟掉了而摔倒在那里。但是很显然杰克森什么也没听到。

马普尔小姐非常非常轻柔地抬起了头。小屋的窗子很低。稍稍借着一簇匍匐植物的掩护,她向窗内望去……

杰克森正跪在一个手提箱前。箱子盖是打开的,马普尔小姐能看出那个箱子是特制的,里面划分出很多隔间,放着各种各样的文件。杰克森正在逐个翻看这些文件,偶尔会把一些文件从长信封里抽出来。马普尔小姐并没有在她的观察哨上逗留很久。她想知道的只是杰克森在干什么。现在她知道了。杰克森在窥探。他究竟是在找什么特别的东西,还是说他只是要满足一下自己的本性,她就无从判断了。不过这让她进一步确认了亚瑟·杰克森和乔纳斯·帕里在其他方面比在外表上有着更强的相似性。

现在她的问题是怎么退回去。她十分小心地再次卧倒,沿着花坛爬过去,直到远离那扇窗子为止。她回到自己的小屋,仔细地把鞋以及被她弄下来的鞋跟收好。她满怀感激地看着那双鞋。这是个很好的道具,如果需要的话,哪天她可能还会再用到它们。接着她换回自己的凉鞋,一路思索着再次朝海滩走去。

瞅准埃丝特·沃尔特斯下水的时机,马普尔小姐坐到了埃丝特空出来的椅子上。

格瑞格和勒基跟卡斯比埃罗夫人在那里说笑,声音非常吵闹。

马普尔小姐并没有看着拉斐尔先生,她十分平静地,几乎是悄声细语地说道:

"您知道杰克森在四处窥探吗?"

"我一点儿都不吃惊,"拉斐尔先生说,"你当场抓住他了,是吗?"

"我想方设法通过一扇窗户观察了他。他打开了您的一个箱子,在翻看里面的文件。"

"他肯定想法子弄到了一把钥匙。这个诡计多端的家伙。不过他会失望的。他用这种办法搞到手的东西对他半点儿好处也没有。"

"他现在过来了。"马普尔小姐抬眼看着酒店的方向说道。

"又到我洗那个傻了吧唧的海水澡的时候了。"

他随后又用非常低的声音说道:

"至于你嘛——也别太冒进了。我们可不想接下来就参加你的葬礼。别忘了你的年纪,小心着点儿。记住,这周围可有个做事儿不那么讲究的人。"

第二十章 暗夜惊魂

1

夜幕降临,露台上亮起了灯光,人们吃着晚餐,有说有笑,即使音量和欢快的氛围都已经赶不上一两天之前了——而钢鼓乐队也依然在演奏。

不过舞蹈结束得很早。人们纷纷打着哈欠,上床睡觉去了。灯光熄灭,四周一片黑暗寂静,金棕榈酒店沉入了梦乡……

"伊夫林。伊夫林!"一阵急促的低呼声骤然响起。

伊夫林·希灵登被吵醒了,躺在枕头上翻了个身。

"伊夫林,快醒醒。"

伊夫林·希灵登猛然坐起身来。蒂姆·肯德尔正站在门口。她吃惊地瞪着他。

"伊夫林,拜托了,能来一下吗?是——莫利。她生病了。我不知道她是怎么了。我想她肯定是吃了什么东西。"

伊夫林的反应迅速而果断。

"好的,蒂姆。我这就来。你回去看着她。我马上过去找你。"

蒂姆·肯德尔的身影消失了。伊夫林从床上下来，匆匆忙忙披上一件睡袍，看了一眼旁边那张床。她丈夫看上去似乎并没被吵醒。他躺在那儿，脑袋转向另一边，呼吸很平静。伊夫林犹豫片刻之后，决定还是不打扰他。她出了门，快步走向主楼，过了主楼就是肯德尔夫妇的小屋。她在门口赶上了蒂姆。

莫利躺在床上。她双目紧闭，呼吸显然不太正常。伊夫林俯下身去，翻开她的一只眼皮，摸了摸她的脉搏，随后看了看床头桌。桌上有一个已经用过的玻璃杯。杯子旁边有一个空药瓶。她把它拿了起来。

"那是她的安眠药，"蒂姆说，"不过那个瓶子昨天还是前天的时候还半满着呢。我觉得她肯定全吃下去了。"

"去找格雷姆医生，"伊夫林说，"路上顺便把大家都敲起来，告诉他们煮点儿浓咖啡，越浓越好。快点儿。"

蒂姆急忙跑了出去。就在门外，他与爱德华·希灵登撞了个满怀。

"噢，抱歉，爱德华。"

"这里出什么事儿了？"希灵登问道，"怎么了？"

"是莫利。伊夫林跟她在一块儿。我必须去找医生来。我想我本来就该先去找他的，只是我——我也拿不准，我觉得伊夫林可能懂一些。要是我在没什么必要的情况下就把医生找来的话，莫利会不高兴的。"

他一溜烟似的跑开了。爱德华·希灵登瞅着他的背影看了片刻，然后迈步走进了卧室。

"发生什么事情了？"他说，"严不严重？"

"哦，你来啦，爱德华。我刚才还在想你醒没醒呢。这傻孩子吃药了。"

"很糟糕吗？"

"不知道她吃了多少，现在不好说。我觉得咱们要是马上采取措施,应该不至于太糟糕。我已经派人去弄咖啡了。如果我们能给她灌下去一点儿的话——"

"可她为什么要这么做啊?你不会觉得是——"他话说了一半就停住了。

"我不会觉得是什么?"伊夫林说。

"你不会觉得是因为那些调查吧——那些警察……什么的?"

"当然有可能。那种事情对于一个爱紧张的人来说可是非常吓人的。"

"莫利以前可从来都不像是个爱紧张的人。"

"这种事其实谁也说不准,"伊夫林说道,"有时候就是那些看上去最不可能的人会变得惊慌失措。"

"对啊,我记得……"他再次欲言又止。

"事实上,"伊夫林说,"人对于任何其他人都知之甚少。"她又接着说道:"哪怕是跟你最亲近的人……"

"这么说是不是有点儿过了,伊夫林——有点儿太夸张了吧?"

"我觉得没有啊。当你想到别人的时候,其实也都是你自己心里所认为的他们的样子。"

"我了解你。"爱德华·希灵登轻声说道。

"你认为你了解。"

"不。我确定。"他接着说道,"而你对我也是一样。"

伊夫林看了看他,随后又转回身去对着床。她抓住莫利的肩膀,摇晃着她。

"我们本来应该做点儿什么,不过我认为最好还是等到格雷姆医生过来再说——哦,我想他们来了。"

2

"现在她没什么事了。"格雷姆医生退后一步,用手帕擦了擦额头,长长地松了口气。

"您觉得她会好起来的,是吗,先生?"蒂姆心急如焚地问道。

"没错,没错。我们来得非常及时。不管怎么说,她或许吃得还不够多,不足以致命。过几天她就完全恢复正常了,只是她先得熬过一两天难受的日子。"他捡起了那个空药瓶,"话说回来,这些药是谁给她的?"

"是纽约的一个医生。她以前睡眠就不太好。"

"好吧,好吧。我也知道现如今我们所有这些医生开起这些药来都很随意。没有人再去教那些睡不着觉的年轻女士们数数羊,或者起床吃块饼干,或者写几封信然后再回床上去睡觉。现在人们想要的就是立竿见影的药。有时候我觉得我们真不该给他们开那些药。你必须得学会去忍受生活中的很多事情。为了让婴儿不哭,往嘴里塞一个安慰奶嘴没什么问题。但人一辈子不能都指望这个啊。"他轻声咯咯一笑,"我敢打赌,你要是问马普尔小姐她睡不着觉的时候干什么,她肯定告诉你她会去数从栅栏门底下穿过去的羊。"说完他转过身去,躺在床上的莫利刚刚有了点儿动静。现在她的眼睛已经睁开了。她看着他们,眼神中没有丝毫兴趣,似乎也没认出谁来。格雷姆医生抓住了她的手。

"好了,好了,亲爱的,你对自己都干了些什么呀?"

她眨了眨眼睛,却没有回答。

"你为什么要这么做,莫利,为什么?告诉我为什么啊?"蒂姆抓住了她的另一只手。

她的眼睛依然没有动。如果说它们停在了谁身上的话,这个人就是伊夫林·希灵登。她的眼神难以解读，里面似乎透着一丝疑问。伊夫林仿佛看到了这个问题，开口说道：

"是蒂姆把我叫来的。"

她的眼神转向了蒂姆，接着又落到了格雷姆医生身上。

"你现在已经没什么问题了，"格雷姆医生说，"不过可别再这么干了。"

"她不是有意这么做的，"蒂姆轻声说道，"我确信她不是有意这么做的。她只是想晚上好好地睡一觉。或许一开始这药没起什么作用，她才又多吃了一些。是这么回事儿吗，莫利？"

她的头微微动了一下，表示否认。

"你是说——你故意吃的？"蒂姆说。

莫利开口了。"是的。"她说。

"可为什么啊，莫利，为什么？"

她的眼皮颤抖了一下。"害怕。"声音低得几乎听不清。

"害怕？怕什么呢？"

可她的眼睛已经闭上了。

"最好先随她吧。"格雷姆医生说。

蒂姆冲动地说道："害怕什么呢？那些警察？因为他们一直缠着你不放，问你问题吗？我一点儿都不奇怪。任何人都有可能被吓到。不过那就是他们办事的方法，没什么大不了的。谁也不会觉得——"他突然打住了。

格雷姆医生对他做了一个果决的手势。

"我想睡觉。"莫利说。

"睡觉对你最好不过。"格雷姆医生说。

他向门口走去，其他人跟在他身后。

"她会睡得很香的。"格雷姆医生说。

"还有什么我应该做的吗?"蒂姆问道。他说话的时候带着那种对生病之人通常会有的忧虑态度。

"你要是愿意的话,我可以留下来。"伊夫林善解人意地说道。

"哦,不。不用了,没事儿的。"蒂姆说。

伊夫林回身来到床边:"要我陪着你吗,莫利?"

莫利的眼睛再一次睁开。她说:"不用,"随后停顿了一下,"有蒂姆就可以。"

蒂姆走了回来,坐在床旁。

"我在这儿呢,莫利,"他一边说一边拿起她的手,"睡吧。我不会离开你的。"

她轻叹一声,闭上了眼睛。

医生在小屋外面停下了脚步,希灵登夫妇站在他身边。

"您确定再没有什么我能做的了吗?"伊夫林问道。

"我觉得没什么了,谢谢您,希灵登太太。现在她跟她丈夫待在一起会更好些。不过也许到了明天,再怎么说,他还得忙活酒店的事情,我想还是得有个人陪着她。"

"您觉得她有可能会……再试一次吗?"希灵登问道。

格雷姆有些性急地搓着他的额头。

"这种事情谁也说不准。事实上,可能性很小。正如你们亲眼所见,这种恢复性治疗极其不好受。不过当然啦,你永远都不可能绝对肯定。她还可能有更多的这种药,藏在别的什么地方。"

"我无论如何都不会把自杀这种事情和像莫利这样的姑娘联系在一起。"希灵登说。

格雷姆干巴巴地说道:"总把自杀挂在嘴边,老扬言要这么做的人才不会真做的。他们用这种方法来渲染气氛,发泄情绪。"

"莫利一直看起来都是个很快乐的姑娘。我想或许……"伊夫林犹豫了一下,"我应该告诉您,格雷姆医生。"于是她把维多利亚被人杀害的那天晚上她和莫利在海滩上的谈话告诉了他。她讲完的时候格雷姆的神情变得非常严肃。

"我很高兴您告诉了我,希灵登太太。有很确切的迹象表明这里面存在着某种根深蒂固的问题。没错。早上我得跟她丈夫谈谈。"

3

"我想跟你认真地谈一谈,肯德尔,关于你妻子的事儿。"

他们坐在蒂姆的办公室里。伊夫林·希灵登已经接替了他,守在莫利的床边,而勒基也答应要过来,用她自己的话说,来"轮个班"。马普尔小姐也来帮忙。可怜的蒂姆一边要忙酒店的事务,一边还要惦记妻子的病情,已经焦头烂额。

"我实在搞不明白,"蒂姆说,"我越来越看不懂莫利了。她变了。变得跟她表面上看起来的一点儿都不一样。"

"据我所知,她一直以来都在做噩梦?"

"是的。没错,她总是在抱怨这件事。"

"有多久了?"

"哦,我也不知道。大约……噢,我猜有一个月吧……或许更久。您知道,她……我们……认为也就是……呃,噩梦吧。"

"是啊,是啊,我非常理解。但是更严重的迹象表明,她似乎在对某个人感到害怕。她对你诉说过这件事吗?"

"嗯,说过。有那么一两次,她说——哦,说有人在跟踪她。"

"啊!在盯她的梢儿?"

"没错,她有一次原话就是这么说的。她说那是她的冤家对头,跟踪她都跟到这里来了。"

"那她有仇人吗,肯德尔先生?"

"不。她当然没有。"

"在英国的时候就没有发生过什么事情,在你们结婚之前,就你所知?"

"哦,没有,任何这类事情都没有。她跟她家里人处得并不太好,仅此而已。她母亲或许是个有点儿古怪的人,很难跟她生活在一起,不过——"

"她们家人里面有没有什么精神方面不稳定的迹象?"

蒂姆冲动地张了张嘴,接着又再次闭上。他摆弄起面前桌子上的一支钢笔来。

医生说:"我必须强调一下,蒂姆,如果真的像我所说的那样,你最好告诉我。"

"呃,好吧,我相信确实有。不是太严重的问题,不过我记得她有个姑姑还是什么的有点儿古怪。但那也没什么了不起。我是说——差不多谁家里都会有这种人。"

"哦,是的,没错,你说得很对。我并不是想要用这件事来吓唬你,不过它可能恰好表明一种趋势——呃,假如有任何压力产生的话,人可能就垮了,或者会胡思乱想。"

"我其实并不太了解,"蒂姆说,"说到底,人们通常也不会把他们家里的所有事情都对你和盘托出,对吧?"

"是的,是的。的确如此。她以前就没有过男朋友——也没跟什么人订过婚，从而可能会受到这个人的恐吓或者因为醋意而发出的威胁？就没有这种事儿吗？"

"我不知道。我觉得没有吧。在我之前，莫利跟另一个男人订过婚。她的父母极力反对，我能理解，我想她执意跟那家伙好其实更多是出于一种逆反心理吧。"他突然咧开嘴轻轻一笑，"您也知道人年轻的时候是怎么回事。别人要是激烈反对的话，只会让你更喜欢那个人，甭管他是谁。"

格雷姆医生也微微一笑："嗯，是啊，这种事很常见。父母永远都不要对孩子们那些不招人喜欢的朋友表示太多的异议。通常情况下，随着他们渐渐长大，自然而然地也就对那些朋友厌倦了。这个男人，不管他是谁，没有以任何形式威胁过莫利吗？"

"没有，我确定他没威胁过。有的话她会告诉我的。她亲口说过，她对他所产生的只是一种愚蠢的青春期的狂热，主要是因为他的名声实在糟糕透顶。"

"没错，没错。嗯，听起来也没什么大不了的。接下来还有另一件事情。很显然，用你太太的话来说，她有爱断片儿的毛病。也就是她会想不起来她在一段很短的时间内都干过些什么。这点你知道吗，蒂姆？"

"不，"蒂姆慢吞吞地说道，"不。我不知道。她从来没告诉过我。您知道吗，我的确注意过，现在您也提到了，她有时候看上去会有些茫然，面无表情，而且……"他停下来，想了想，"是的，这就说得通了。我以前还不明白她怎么能看上去就像是把最简单的事情都忘掉了，或者有时候看起来连时间都搞不清楚。我想我那时候只是以为她有些心不在焉。"

"蒂姆，就是这件事。我强烈建议你带着你太太去找一位优秀的专家看看。"

蒂姆气得脸通红。

"我猜您的意思是要找到一个精神病方面的专家吧?"

"好啦,好啦,别为这些称谓生气嘛。神经病学专家也好,心理学家也罢,反正是个专门搞外行人所说的精神崩溃方面的专家就行。金斯敦①就有一个挺好的。纽约当然也有。一定是有什么事情导致你太太出现这些让人苦恼的精神方面的问题。这里面的原因或许连她自己都很难说得清。听听专家针对她的问题给你的指点吧,蒂姆。越早越好。"

他轻轻拍拍这个年轻人的肩膀,然后站起身来。

"眼下倒没什么可担心的。你太太有这些好朋友,我们全都会留意照看她。"

"她不会——您觉得她不会再尝试一次了吧?"

"我认为不大可能。"格雷姆医生说。

"您也没把握。"蒂姆说。

"永远都别把话说满,"格雷姆医生说,"这是人我们这一行最先要学会的几件事情之一。"他再次把手搭在了蒂姆的肩膀上,"别太担心了。"

"说得轻巧,"医生走出门去之后蒂姆说道,"别担心,真的!他以为我是什么东西做的啊?"

---

①牙买加首都。

第二十一章　杰克森说起化妆品

"您确定您不介意吗,马普尔小姐?"伊夫林·希灵登说。

"不,真的不介意,亲爱的,"马普尔小姐说,"不管在哪方面,能派上用场只会让我觉得特别高兴。你知道,人到了我这把年纪,常常会觉得自己在这个世界上百无一用。尤其是当我还身处这样一个地方,只是要让自己玩儿得快活的时候。不用承担任何责任。不,坐在那儿陪陪莫利我会很高兴的。你们尽管出去吧。是去鹈鹕角,对不对?"

"是的,"伊夫林说,"爱德华和我都很喜欢那里。我怎么都看不腻那些鸟儿俯冲下来抓鱼吃的情景。蒂姆现在陪着莫利呢。不过他还有事情要做,而他似乎又不想让莫利一个人待着。"

"他这么想很对啊,"马普尔小姐说,"我要是他的话,也不会让莫利一个人待着的。谁能说得准呢,对吧?当一个人已经试图做过这种事情之后——好啦,去吧,亲爱的。"

伊夫林转身去和正在等着她的那一小群人会合了。那里面有她丈夫、戴森夫妇以及三四个其他人。马普尔小姐检查了一下她织毛线活儿所需要的东西,看到想要的都已经带上,便起身朝着肯德尔夫妇的小屋走去。

走到凉廊的时候,她听到从半开着的落地窗里传来了蒂姆说话的声音。

"要是你能告诉我你为什么要这么做就好了,莫利。你怎么会这样呢?是因为我做了什么事情吗?这里面肯定有原因啊。你要是能告诉我就好了。"

马普尔小姐停下脚步。莫利在开口说话之前先沉默了片刻。她的声音听起来无精打采,疲态尽显。

"我也不知道,蒂姆,我真的不知道。我想……就好像有什么东西在支配着我。"

马普尔小姐轻轻敲了敲窗户,然后走了进去。

"哦,您来了,马普尔小姐。您真是太好了。"

"千万别客气,"马普尔小姐说,"能帮上忙我很高兴。我能坐这把椅子上吗?你看起来好多了,莫利。我真高兴。"

"我没事了,"莫利说,"一点儿事都没有。就是——哦,就是很想睡觉。"

"我不会说话的,"马普尔小姐说,"你就安安静静地躺在那儿休息。我打我的毛线活儿。"

蒂姆·肯德尔向她投去感激的一瞥,随后走出屋去。马普尔小姐则在椅子里把自己安顿好。

莫利冲着左边躺着。她看上去有点儿发愣,一脸疲惫。她用几乎是耳语的声音说道:

"您太好了,马普尔小姐。我——我想我就要睡着了。"

她躺在枕头上半转过身子,闭上了眼睛。她的呼吸渐趋规律,尽管依然远非正常。多年的护理经验让马普尔小姐几乎是下意识地去拽了拽床单,把它弄平整之后掖到她这一边的床垫底下。就在这时候,她的手碰到床垫下面一个硬梆梆的长方形东西。她有些惊讶，便把它抓在手里拿了出来。原来是一本书。马普尔小姐迅速瞟了一眼床上的姑娘，然而她躺在那里一动也不动，很显然已经睡着了。马普尔小姐打开了那本书。她看到这是一本当前关于神经疾病方面的著作。她随手一翻，便很自然地翻到了某一页，这页上描述了被害妄想症的发病，精神分裂症以及与之相关疾病的各种其他表现。

这不是一本专业性很强的书，反倒是外行人都很容易读懂的那种。马普尔小姐一边读着，脸上的神情也变得愈发严肃。没过多久她便合上书，待在那里思考起来。接着她俯身向前，小心地把那本书又放回到床垫底下的原处。

她有些不解地摇了摇头，悄无声息地从椅子上站起身来，朝着窗边走了几步，然后猛地转回头去。莫利的眼睛本来是睁着的，就在马普尔小姐转头的一瞬间又闭上了。有那么一小会儿工夫，马普尔小姐也拿不准那迅疾而机敏的一瞥究竟是不是出于她自己的想象。难道说莫利只是假装睡着吗？那可能也是再自然不过的事情。她也许觉得如果她醒着的话，马普尔小姐就该开始跟她聊天了。没错，可能就是这么回事。

莫利的那一瞥会不会被她平白无故地赋予了一种与生俱来的不招人喜欢的狡猾意味呢？她也不知道，马普尔小姐心中暗想，她真的不知道。

她决定要尽快跟格雷姆医生简单聊上几句。她坐回床边的椅子上。过了差不多有五分钟时间，她断定莫利是真的睡着了。没有哪个醒着的人能够那么纹丝不动地躺着，呼吸还那么均匀而平静。马普尔小姐再次站起身来。今天她穿的是那双轻便的胶底帆布鞋。或许看起来不是那么雅致，不过却极其适合这样的天气，穿在脚上也非常宽松舒适。

她轻轻地在卧室里踱着步,在两扇窗前依次驻足,那两扇窗分别朝向不同的方向。

酒店的庭院里显得宁静而荒芜。马普尔小姐走回椅子旁边,刚想坐下的时候她愣了一下,她觉得她听见外面似乎有点儿动静。像是鞋子蹭在凉廊地面上的声音吗?她犹豫片刻之后来到窗前,把窗子又推开一些,接着她走了出去,并且转过头冲着屋子里面说起话来。

"亲爱的,我就出去一小会儿啊,"她说,"就回一趟我屋里,去看看我把那个编织图样放在哪儿了。我明明记得我带过来了的。我回来之前你都会好好的,对不对?"随后她转回头来,暗自点了点头,"睡着了,可怜的孩子。好事情。"

她悄悄地顺着凉廊前行,走下台阶,向右急转踏上那边的小路。她走在一片木槿丛的掩映之中,周围若是有人的话,可能会很好奇地看到马普尔小姐又一个急转走上花坛,绕到了小屋的后面,从开在那里的第二扇门再一次走进屋中。这扇门直接通往一个小房间,蒂姆有时候会把它当成非正式的办公室,经过这个小房间就可以进入起居室了。

这个房间里的宽大窗帘半拉着,以保持屋内的凉爽。马普尔小姐一闪身溜到其中一幅窗帘的后面。她在等待。如果有任何人靠近莫利的卧室,她都可以从这扇窗户里看得一清二楚。她等了四五分钟的样子,终于看见了动静。

一身白色制服,身材匀称的杰克森踏上了凉廊的台阶。他在露台上犹豫了一小会儿,然后似乎在微微敞开着的落地窗门上轻轻敲了一下。马普尔小姐没听到屋里有人答应。杰克森偷偷往四下里看了看,接着就溜进了敞开的门里。马普尔小姐挪到通往隔壁卫生间的门边,眉毛稍感意外地扬了扬。她思索了片刻之后走出去来到过道里,从另一扇门进了卫生间。

杰克森正在搜索着洗脸盆上方的架子,忙得团团转。他不出意外地被吓了一跳。

"噢,"他说,"我——我没……"

"杰克森先生,"马普尔小姐大吃一惊地说道。

"我就觉得您在这儿的什么地方,"杰克森说。

"你要找什么吗?"马普尔小姐问道。

"其实呢,"杰克森说,"我只是想看看肯德尔太太用的面霜的牌子。"

杰克森站在那里,手里拿着一罐面霜,马普尔小姐心里不由得赞赏起他这种善于根据实际情况随机应变的本领。

"真好闻,"他皱起鼻子嗅了嗅,说道,"就这些制剂来说,这是相当好的货色了。便宜的牌子可不适合所有皮肤。用完了说不定就得起疹子。有时候擦脸用的香粉也有这种情况。"

"你好像对这方面的问题非常在行啊,"马普尔小姐说。

"我在制药这行干过一段时间,"杰克森说,"关于化妆品的事情学到了好多。把那些玩意儿装进奢华别致的小罐子里,再加上昂贵的包装,能从女人身上榨出多少钱来绝对会让您大跌眼镜的。"

"这就是你——?"马普尔小姐故意在这里顿了一下。

"哦,不,我不是到这里来聊化妆品的。"杰克森承认道。

"你可没多少时间去编个谎了,"马普尔小姐心中暗想,"我倒要看看你还能说出什么来。"

"说句实话吧,"杰克森说,"前几天沃尔特斯太太把她的口红借给肯德尔太太。我来这儿是想帮她把口红拿回去。我敲了敲窗户,看见肯德尔太太睡得很熟,就觉得这么进来去卫生间里找找看也没有什么问题。"

"我懂了，"马普尔小姐说，"那你找到了吗？"

杰克森摇了摇头。"没准儿在她哪个手提包里呢，"他轻描淡写地说道，"我也甭费心了。沃尔特斯太太没强调说非拿回去不可。她只是随口提了一句。"他审视着卫生间里的盥洗用品，继续说道："东西不多，是吧？也对，在她这个年纪不需要那些。皮肤天然就好。"

"你看女人的眼光肯定跟一般人大不一样。"马普尔小姐亲切地微笑着说道。

"是的。我认为各种不同的工作会改变一个人的观点和立场。"

"你对药物也懂得很多吗？"

"噢，是啊。因为工作的关系，我对它们非常熟悉。要我说，现如今药物都泛滥了。有太多的镇静剂、兴奋剂、特效药等等等等。它们如果都是处方药也就罢了，但有太多的药你并不需要处方就能拿到。其中有些药可能很危险。"

"我同意，"马普尔小姐说，"没错，我同意。"

"您也知道，它们对于人的行为有很大的影响。时不时您就会看到一大堆十几岁的青少年歇斯底里大发作。这不是什么自然原因造成的。那些孩子们一直在嗑药。哦，这真没什么新鲜的。大家早就心知肚明了。在遥远的东方——倒不是说我曾经去过那儿——就有各种各样奇怪的事情发生。您要是知道女人们给她们的丈夫吃的东西准会大吃一惊。就比如说在印度以前那个糟糕的年代，一个年轻的妻子要嫁给一位年迈的丈夫。我猜她其实并不想干掉她丈夫，因为那样一来她就得在葬礼上被活活烧死，就算不被烧死，她也会被那个家族逐出家门。在那个时候的印度，当寡妇可不划算。但是她能用药物控制年迈的丈夫啊，把他弄得半傻不傻的，使他产生幻觉，让他或多或少地神智错乱，失去自制力。"他摇了摇头，"没错，见不得人的事情多了去了。"

他接着说道："还有女巫呢，您知道。现在好多关于女巫的有意思的事情大家都有所了解。她们为什么总是会认罪，她们为什么那么乐意承认自己是女巫，承认自己骑着扫帚飞去参加女巫安息日的集会？"

"酷刑。"马普尔小姐说道。

"也不总是，"杰克森说，"哦，没错，有很多是可以用酷刑来解释，不过也有些人是不打自招。与其说她们是在认罪，倒不如说她们是在自夸。嗯，您知道吗？她们往自己身上抹药膏。她们通常管这个叫涂油。其中有些制剂，比如颠茄、阿托品什么的；如果你把它们抹在皮肤上，它们就会让你产生一种身体飘浮起来，在空中飞行的幻觉。这帮可怜的家伙，她们还以为这一切都是真的呢。再看看那些企图暗杀基督教十字军的穆斯林吧——那些中世纪的人，远在叙利亚或者黎巴嫩之类的地方。他们给那些人吃印度大麻，让他们产生幻觉，仿佛升入了天堂，看到了天国中的美女，拥有了永恒的时光一样。他们还被告知那就是死后会发生在他们身上的事情，不过为了得到这些，他们必须得去杀一个人来献祭。噢，我这可不是在信口开河，实际情况就是这样的。"

"实际情况，"马普尔小姐说，"从本质上来说，就是人们太轻信，太容易上当受骗。"

"嗯，也对，我觉得您可以这么说。"

"别人告诉他们什么，他们就信什么。"马普尔小姐说。"的确，我们都容易这样。"她补充道。接着，她话锋突转："谁给你讲的这些印度的故事，这些关于用曼陀罗给丈夫们下药的事情？"他还没来得及回答，她便又犀利地问道："是帕尔格雷夫少校吗？"

杰克森看起来有点儿惊讶："呃——是的，实话实说，就是他。他给我讲了很多这样的故事。当然了,绝大多数肯定都是在他出生之前发生的,不过他似乎对所有事都一清二楚。"

"帕尔格雷夫少校给人的印象就是无所不知、无所不晓,"马普尔小姐说道,"可他跟别人讲的东西常常是错的。"她若有所思地摇摇头。"帕尔格雷夫少校,"她说,"需要解释清楚的事情可太多了。"

这时从隔壁的卧室里传来一些轻微的声响。马普尔小姐猛地转过头去。她疾步走出卫生间,来到卧室里。勒基·戴森正站在窗前。

"我——噢!我没想到您在这儿,马普尔小姐。"

"我刚才去了卫生间一会儿。"马普尔小姐庄重并且带着一丝维多利亚式的含蓄说道。

杰克森在卫生间里咧嘴笑了。维多利亚式的庄重总是会让他觉得很好笑。

"我只是想知道您愿不愿意让我坐在这儿陪莫利待一会儿。"勒基说着往床的方向看了过去,"她睡着了,是不是?"

"我想是的,"马普尔小姐说,"不过一切都挺好。你自己去好好玩儿吧,亲爱的。我还以为你跟他们一起出去了呢。"

"我本来是要去,"勒基说,"可就在临走前突然头疼得厉害,只能改主意。所以我就想着还不如让自己派上点儿用场呢。"

"你真是太好心了。"马普尔小姐说。她又重新在床边坐下,继续织起了她的毛线活儿:"不过我挺乐意待在这儿的。"

勒基踌躇了片刻,接着转身走了出去。马普尔小姐等了一会儿,然后蹑手蹑脚地走进卫生间,但是杰克森已经离开了,毫无疑问,他是从另一扇门走的。马普尔小姐拾起他刚才拿在手里的那罐面霜,塞进了自己的口袋里。

第二十二章　她生命中的一个男人？

要想跟格雷姆医生以很自然的方式聊会儿天并不像马普尔小姐所希望的那么简单。她十分不愿意就那样径直走到他跟前，因为她不想给她打算问他的问题平添上几分过度的重要性。

蒂姆回来了，他在照看着莫利，马普尔小姐已经跟他商定好在开晚饭、餐厅需要他的那段时间里再来接替他。他让她放心，说戴森太太甚至希灵登太太都很乐意来做这件事，然而马普尔小姐却很坚定地表示她们两位年轻女士都喜欢玩儿得开心，而她自己则更愿意早点儿吃一顿便餐，这样的话对大家来说都合适。蒂姆再次对她表示了由衷的感谢。于是马普尔小姐便开始漫无目的地在酒店周围连接各栋小屋，其中也包括格雷姆医生的小屋的小路上溜达起来，她想要计划下一步该怎么办。

她脑子里有一大团乱七八糟和相互矛盾的想法，如果说有一件事马普尔小姐不喜欢的话，那就是这些想法了。整件事情的开端已经足够清楚。帕尔格雷夫少校和他令人遗憾的讲故事能力，他那显然被人偷听到的不慎言论，以及由此导致的他在二十四小时之内的猝然死亡。这里面没有什么令人费解之事，马普尔小姐心想。

但是在那之后，她不得不承认，除了难题别无他物。每件事情都同时指向太多不同的方向。一旦承认别人对你所说的话一个字都不能相信，承认没有人可以信任，承认很多她在这里与之交谈的人都不幸与圣玛丽米德的某些人有相似之处的话，她还能怎么办呢？

她的心思越来越集中到受害者的身上。还有人将要被杀，而她越来越觉得她应该很清楚地知道这个人会是谁。这里面有些东西。她听见过的事情？注意过的？还是看见过的？

有人给她讲过什么事情，跟这件案子有关。是琼·普雷斯科特吗？琼·普雷斯科特说过很多人的很多事情。流言蜚语？街谈巷议？琼·普雷斯科特究竟说过些什么呢？

格雷戈里·戴森，勒基——马普尔小姐的思绪开始在勒基身上盘旋。出于与生俱来的戒心，她确信勒基与格雷戈里·戴森第一任妻子的死密切相关。每件事都指向这一点。她为之担忧的那个注定的受害人会是格雷戈里·戴森吗？成为格雷戈里·戴森的遗孀不但能够给她自由，还能让她得到一笔可观的遗产，那个勒基会为了这个目的而打算在她的另一任丈夫身上再试试运气吗？

"不过说真的，"马普尔小姐自言自语道，"这些都只是纯粹的臆测。我在犯傻。我知道自己在犯傻。假如你能够把那些零七八碎的东西都清除掉的话，真相肯定极其简单。太多细枝末节了，那正是问题所在啊。"

"你在自言自语吗？"拉斐尔先生问道。

马普尔小姐吓了一跳。她没注意到他走过来。他被埃丝特·沃尔特斯搀扶着，步履缓慢地从他的小屋往酒店露台那边走去。

"我真的没注意到您，拉斐尔先生。"

"你的嘴唇在动。你那桩紧急的事情怎么样了？"

"依然紧急,"马普尔小姐说,"只是有些肯定简单至极的问题我还想不明白——"

"我很高兴事情能如此简单——嗯,如果你需要任何帮助,可以来找我。"

他转过头去,看到杰克森沿着小路朝他们走来。

"你可来了,杰克森。你刚才究竟跑哪儿去了?我需要你的时候你从来都不在。"

"对不起,拉斐尔先生。"

他驾轻就熟地低下身子,让自己比拉斐尔先生还矮一点点:"要去酒店露台吗,先生?"

"你带我去酒吧。"拉斐尔先生说,"好了,埃丝特,你现在可以走了,去换件晚礼服。半小时之内跟我到露台上会合。"

他和杰克森一同离开了。沃尔特斯太太一屁股坐到了马普尔小姐身边的椅子上。她轻轻地揉着自己的胳膊。

"他看起来特别轻,"她说道,"不过此时此刻我的胳膊全都麻了。我今天一下午都没看见您啊,马普尔小姐。"

"是啊,我一直都陪在莫利·肯德尔身边呢,"马普尔小姐解释说,"她看上去真的好多了。"

"要让我说的话,她压根儿也没什么大毛病。"埃丝特·沃尔特斯说。

马普尔小姐扬了扬眉毛。埃丝特·沃尔特斯说话的口气明显是冷冰冰的。

"你是说——你觉得她的自杀企图……"

"我觉得根本就没有什么自杀企图,"埃丝特·沃尔特斯说,"我从来就不相信她真的吃了过量的药,而且我认为格雷姆医生对此也是心知肚明。"

"你的话让我特别感兴趣。"马普尔小姐说,"我想知道你为什么会这么说。"

"因为我几乎可以确定就是这么回事。噢,那种事情经常会发生。我想,那是一种让自己引起别人注意的方法。"埃丝特·沃尔特斯继续说道。

"'我要是死了你会后悔的'?"马普尔小姐引用了这么一句话。

"就是这么回事儿,"埃丝特·沃尔特斯赞同道,"然而具体到这件事上我并不认为这是动机所在。那是一种你爱你丈夫爱得不得了,而他还惹你生气的时候会有的感觉。"

"你觉得莫利·肯德尔并不爱她丈夫?"

"嗯,"埃丝特·沃尔特斯说,"您觉得呢?"

马普尔小姐思索了一下。"我嘛,"她说,"或多或少地这么想过。"她停顿了一下又接着说道:"也可能我想错了。"

埃丝特脸上浮现出她那种苦笑。

"你知道吗?我听说了一点点她的事情。有关整件事的。"

"从普雷斯科特小姐那儿?"

"哦,"埃丝特说,"听一两个人说的。这件事涉及一个男人。一个她很喜欢的男人。而她们家的人都竭力反对。"

"对啊,"马普尔小姐说,"这个我也听说了。"

"然后她嫁给了蒂姆。或许她在某方面喜欢他吧。不过另外那个男人并没有就此放弃。有那么一两次我还在想他其实会不会跟着她来到了这里。"

"的确有可能。不过——会是谁呢?"

"我也不知道是谁,"埃丝特说,"我猜他们应该非常小心谨慎。"

"你觉得她喜欢另外这个男人?"

埃丝特耸了耸肩。"我敢说他是个坏坯子,"她说,"不过这样的人常常懂得怎么去撩拨女人并且纠缠不休。"

"你从来没听说过,比如那是个什么样的男人,他是干什么的,任何这方面的事情吗?"

埃丝特摇了摇头:"没有。人们都在大胆猜测,不过那种话你是不能信的。他有可能是个已婚的男人。那也许就是她的家人不喜欢他的原因,或者也有可能他真的是个坏坯子。或许酗酒,或许官司缠身——我也不知道。但她依然喜欢他。这一点我很清楚。"

"你是看见过什么,或者听见过什么吗?"马普尔小姐试探着问道。

"我知道我在说什么。"埃丝特说。她的声音刺耳,带有敌意。

"这些谋杀案——"马普尔小姐开口道。

"您就不能把谋杀案忘掉吗?"埃丝特说,"您现在已经把拉斐尔先生都搅和进去了。您就不能——随它们去吗?您绝对不可能再查出什么来了,这一点我敢确定。"

马普尔小姐看着她。

"你认为你知道,对不对?"她说。

"我认为是,没错。我相当确信。"

"那难道你就不应该把你所知道的事情说出来,为这桩案子做点什么吗?"

"凭什么啊?那样又有什么好处呢?我什么都证明不了。总之,结果会如何呢?现如今人们很容易就被从轻发落了。他们管这个叫作减免责任还是什么的。在监狱里待上几年你就又重见天日,一切如常。"

"假如说,因为你没有把你所知道的说出来,又有别的人被杀了呢——另一个受害者？"

埃丝特充满信心地摇摇头。"不会出那种事的。"她说。

"这个你可说不准。"

"我确信。而且再怎么说，我也看不出谁会——"她皱了皱眉头。"反正，"她几乎有些不合逻辑地补充道，"或许就是会——减免责任吧。或许你也没什么办法——除非你真的是精神错乱了。噢，我也不知道。很显然最好的情形就是她跟人跑了，甭管是谁，这样我们就都能把这些事忘掉了。"

她瞥了一眼手表，惊慌失措地大叫一声，接着便站起身来。

"我必须得去换衣服了。"

马普尔小姐坐在那里，看着她的背影。她觉得代词这种东西总是会让人迷惑，而像埃丝特·沃尔特斯这样的女人尤其喜欢到处随意乱说。埃丝特·沃尔特斯是否是出于某种原因，才如此确信需要对帕尔格雷夫少校和维多利亚的死负责任的是个女人呢？听起来像是这样。马普尔小姐思考着。

"啊，马普尔小姐，一个人坐在这儿呢，连毛线活儿都没打？"

原来是她踏破铁鞋无觅处的格雷姆医生。而现在得来全不费工夫的他出于自愿打算坐下来聊上几分钟。他不会待很久的，马普尔小姐心想，因为他也一定要为出席晚餐去换衣服，而且他通常吃饭都相当早。于是她解释说她一下午都坐在莫利·肯德尔的床边陪着她。

"真不敢相信她能恢复得那么快、那么好。"她说。

"哦，这个呀，"格雷姆医生说，"也不是特别让人意外。您知道，她其实并没有吃下去很多药。"

"噢，据我所知她吃了整整半瓶子呢。"

格雷姆医生很宽容地微微一笑。

"没有,"他说,"我觉得她没吃那么多。我敢说她一开始是想要吃那么多来着,然后可能在最后关头把其中的一半都扔了。人,就算是认为自己想要自杀的时候,其实也常常并不想这么干。他们会设法不把所有的药都吃下去。这通常倒不是什么有意的欺骗,只不过是潜意识要照顾一下自己罢了。"

"或者,我猜也可能是有意为之。我是说,想要它看起来像是……"马普尔小姐欲言又止。

"有可能。"格雷姆医生说。

"比如说,在她跟蒂姆吵了一架的情况下?"

"您也知道,他们不吵架。他们看上去很恩爱。但我依然觉得这种事情总会发生一两次的。不,我认为她现在已经没什么大碍了。她其实可以下床像平常一样四处走走。尽管如此,更保险的做法还是让她在床上再待上一两天——"

他站起身,高兴地点点头,向着酒店的方向走去。马普尔小姐又呆坐了片刻。

各种思绪从她的脑海中飘过——莫利床垫下的那本书,莫利假装睡觉的样子……

琼·普雷斯科特,还有后来晚些时候埃丝特·沃尔特斯说过的话……

接着她又回想起这一切事情的开端——想起帕尔格雷夫少校……

有什么东西在她的脑子里挣扎。是关于帕尔格雷夫少校的什么事情……

要是她能想起来是什么事情的话……

第二十三章　最末一日

1

"有晚上,有早晨,这是末一日。"① 马普尔小姐自言自语道。

随后,她再次在椅子上坐直身体,脑中有点儿混乱。她刚刚打了个瞌睡,这件事有些不可思议,因为钢鼓乐队一直在演奏,而任何人如果能够伴着钢鼓乐队的演奏打盹儿的话——嗯,马普尔小姐心想,这说明她已经对这个地方习以为常了!她刚才说什么来着?好像是引用了一句话,结果还引用错了。末一日?是头一日吧。应该是这样才对。现在可不是头一日,大概也不会是最末一日。

她重新坐直身子。事实上,她已经疲惫至极。所有这一切担心焦虑,这种在某些方面做得不够好的羞愧感觉……她再次很不愉快地回想起莫利从她半闭着的眼帘后面投给她的那奇怪而狡猾的一瞥。当时那姑娘脑子里面在琢磨些什么呢?马普尔小姐心想,所有的事情在一开始的时候看起来是多么不一样啊。蒂姆·肯德尔和莫利,如此自然

---

① 语出《圣经·创世纪》1:5:有晚上,有早晨,这是头一日。马普尔小姐在此进行了活用。

快乐的一对年轻夫妻。希灵登夫妇是那么令人愉快，那么有教养，也就是人们口中所说的那种"好"人。那个快乐活泼、热情奔放的格雷戈里·戴森，还有那个同样快乐、说话叽叽喳喳的勒基，总是喋喋不休地说个没完没了，对她自己和这个世界都感到扬扬得意……一个在一起相处融洽的四人组。普雷斯科特教士，那个和蔼亲切的男人。琼·普雷斯科特，带着点尖酸劲儿，却是个非常可爱的女人，而可爱的女人们就必须把说闲话当成消遣。她们非得知道周围正在发生什么不可，得知道什么时候二加二等于四，而什么时候就有可能等于五！这样的女人没什么害处。她们爱嚼舌头不假，不过你要是遭遇了不幸，她们又会表现出仁慈和善良。拉斐尔先生是个名人，个性十足，同时也是个你永远都不太可能忘记的人。

用他自己的话来说，医生们总说对他已经死心，不过这一回，她心想，他们对于这个看法就更有把握了。拉斐尔先生也知道自己的日子已经屈指可数。

既然确定无疑地知道这一点，那他有可能会采取什么行动吗？

马普尔小姐思考着这个问题。

她想，这也许很重要。

他的话究竟是怎么说的，他说话的声音是点儿太大，有点儿太信誓旦旦了吗？马普尔小姐对于说话的腔调很在行。她这一辈子听别人说话听得太多了。

拉斐尔先生告诉过她一些并非真实的东西。

马普尔小姐环顾四周。这夜晚的氛围，温馨的花香，摆着小灯的桌子，衣着靓丽的女人，伊夫林穿着一件深靛蓝色印着白色图案的服装，而勒基则是一袭白色的紧身衣，她的金发闪闪发光。今晚的每个人看起来都欢快无比，生机勃勃。就连蒂姆·肯德尔都在微笑。他经

过她的桌旁,说道:

"对于您所做的一切,我真是怎么感谢都不为过。莫利已经差不多恢复正常了。医生说她明天就可以下床活动了。"

马普尔小姐冲他微微一笑,说那真是个好消息。然而她却发现,想要微笑也已经相当吃力。毫无疑问,她太累了……

她站起来,缓步向她的小屋走去。她还想接着思考,琢磨,试着去回想,试着把各种事实、话语以及眼神都汇集起来。但她却已经没法做这些事了。疲惫的头脑已经在造反了。它说"睡觉去!你必须去睡觉!"

马普尔小姐脱掉衣服上了床,读了几行她放在床边的托马斯·厄·肯培①的诗,随后便关了灯。在黑暗之中她做了祷告。谁都不可能单枪匹马地包办所有事情,必须得有人帮忙。"今夜什么事情都不会发生的。"她满怀希望地喃喃说道。

2

马普尔小姐猛然惊醒,从床上坐了起来。她的心在狂跳。她打开灯,看了一眼床边的小闹钟。凌晨两点。凌晨两点钟了,外面却好像还在忙活着什么事情。她下了床,披上睡衣穿上拖鞋,头上围了条羊毛围巾便走出屋去一探究竟。外面有些人在拿着火把四处走动。在这些人当中她看见了普雷斯科特教士,于是便向他走了过去。

"出什么事儿了?"

---

① Thomasà(1380—1471),出生于德国的中世纪末期天主教会神职人员,基督教名著《效法基督》的作者。

"噢，马普尔小姐啊？是肯德尔太太。她丈夫醒过来的时候发现她没在床上，出门去了。我们正在找她呢。"

他一边说一边急忙往前走。马普尔小姐慢悠悠地跟在他身后。莫利会去哪儿呢？又是为什么呢？她这是蓄意谋划的，计划着一旦对她的守护松懈下来，而她丈夫又睡熟之后就溜之大吉吗？马普尔小姐认为这有可能。可为什么呢？原因何在呢？难道真的就像埃丝特·沃尔特斯所强烈暗示的那样，还有另外一个男人？如果有的话，那又可能是谁呢？还是说这其中还有更险恶的缘由？

马普尔小姐一边走一边四处张望，往灌木丛下面去寻找。接着，她突然听到了一声微弱的呼喊：

"这儿呢……这边……"

呼喊声是从距离酒店庭院有点儿距离的地方传来的。马普尔小姐心想，那儿肯定是在流向大海的那条小溪附近。她以尽可能快的速度向那个方向走去。

其实加入搜寻的人并不像她一开始以为的那么多。多数人肯定还在他们各自的小屋里睡觉呢。她看到一些人站在小溪岸边的一个地方。有个人从她身边挤过去，朝着那个方向跑，差点儿就把她撞倒在地。那是蒂姆·肯德尔。不一会儿，她就听见了他的高声呼喊：

"莫利！我的上帝啊，莫利！"

又过了一小会儿，马普尔小姐才加入到那一小群人当中。这群人里包括一名古巴侍者，伊夫林·希灵登，以及两个当地的土著姑娘。他们让开路让蒂姆走过去。马普尔小姐赶到的时候他正俯下身去查看。

"莫利……"他慢慢地跪了下来。马普尔小姐可以很清楚地看到那个姑娘躺在溪水之中，她的脸没在水面以下，一头金发则披散在她肩膀上搭着的那条浅绿色绣花披肩之上。在树叶的衬托和溪水的冲刷下，这看起来几乎就像是《哈姆雷特》中的一幕，而莫利就是那个死去的奥菲莉娅……

就在蒂姆伸出手要去触摸她的时候，处变不惊并且明白事理的马普尔小姐接掌了大局，她以命令式的口吻厉声说道：

"别动她，肯德尔先生，"她说，"谁都不要动她。"

蒂姆转过脸茫然地看着她。

"但是——我必须——这是莫利啊。我必须得……"

伊夫林·希灵登碰了碰他的肩膀。

"她死了，蒂姆。我没有挪动她，不过我摸了她的脉搏。"

"死了？"蒂姆不敢相信地说道，"死了？你是说她——她自己投水了？"

"恐怕是吧。看起来像。"

"可是为什么啊？"这个年轻人猛然间大吼了一声，"为什么？她今天早上还那么高兴呢。还说起我们明天要去干什么。可她为什么又起了这个可怕的寻死念头啊？她为什么要像这样偷偷溜走——冲进夜幕之中，来到这里投水自尽呢？她到底有什么绝望的事情……有什么痛苦……为什么她什么事儿都不能跟我说呢？"

"我不知道，亲爱的，"伊夫林轻声说道，"我不知道。"

马普尔小姐说道：

"最好有人去把格雷姆医生找来。还必须有人去给警察打电话。"

"警察？"蒂姆挤出一声苦笑，"他们来了能有什么用？"

"在有人自杀的情况下必须得通知警察。"马普尔小姐说。

蒂姆慢吞吞地站起身来。

"我去叫格雷姆，"他沮丧地说道，"说不定……就算是现在……他也还能……做点儿什么呢。"

他跌跌撞撞地向着酒店的方向走去。

伊夫林·希灵登和马普尔小姐肩并肩地站在那里，低头看着死去的姑娘。

伊夫林摇了摇头："太晚了。她都已经凉了。她肯定死了至少有一个小时——没准儿更久。这简直就是个悲剧啊。他们两个人看上去总是那么高高兴兴的。我猜她一直以来心理上都有点儿不太稳定。"

"不，"马普尔小姐说，"我倒觉得她没什么不稳定的。"

伊夫林好奇地看着她："您这话是什么意思？"

月亮刚才一直藏在云层后面，现在它探出了头。银白色的月光洒在莫利散开的头发上……

马普尔小姐突然发出一声惊呼。她弯下腰去凝视，接着伸出手碰了碰那一头金发的脑袋。她对伊夫林·希灵登说话的时候声音听起来都变了。

"我觉得，"她说，"咱们最好弄个明白。"

伊夫林·希灵登有几分愕然地瞪着她。

"可您不是亲口跟蒂姆说过我们绝对不能动任何东西吗？"

"我知道。不过那会儿月亮没出来。我没看到——"

她用手指了指。然后她非常轻柔地摸着那头金发，把它们分开，让发根露了出来……

伊夫林不由得尖叫一声。

"勒基！"

稍过片刻，她又重复说道：

"不是莫利……是勒基。"

马普尔小姐点点头："她们头发的颜色都差不多——不过当然了，因为是染的，所以她的发根是深色的。"

"可是她披着的是莫利的披肩吧?"

"她对那条披肩赞不绝口。我听她说过她打算去买一条一模一样的。很显然她买了。"

"这就是为什么我们都——被骗了……"

当接触到马普尔小姐的目光时,伊夫林突然住了口。

"得有个人,"马普尔小姐说,"去告诉她丈夫一声。"

有片刻的工夫谁都没作声,随后伊夫林说道:

"好吧。我去告诉他。"

她转过身,穿过棕榈树林走了。

马普尔小姐一动不动地在原地待了一阵子,接着她轻轻地转过头来说:

"是您吧,希灵登上校?"

爱德华·希灵登从她身后的树林中走出来,站在她身边。

"您知道我在那儿?"

"您有影子啊。"马普尔小姐说。

他们沉默着站了一会儿。

他开口说话,但更像是在自言自语:

"所以说到头来,她的运气还是用光了……"

"我想,她死了您很高兴吧?"

"让您吃惊了吗?嗯,我没想否认。她死了我是挺高兴的。"

"死亡常常是解决问题的一种方法。"

爱德华·希灵登缓缓地转过头来。马普尔小姐迎上他的目光,沉着冷静,毫不动摇。

"如果您觉得——"他陡然向她逼近了一步。

他的语气中突然之间有了一丝恐吓。

马普尔小姐很平静地说道：

"您太太马上就会和戴森先生一起回来。要不然就是肯德尔先生和格雷姆医生。"

爱德华·希灵登松弛下来。他转过身去，低头看着那个死去的女人。

马普尔小姐悄无声息地溜走了。没一会儿，她加快了脚步。

就在即将走到她的小屋的时候，她停了下来。这里恰好是那天她坐着和帕尔格雷夫少校说话的地方。也恰好是他在钱包里翻找那张杀人凶手快照的地方……

她想起了他是如何抬起头来一看，而他的脸又是如何变得紫里透红……"太丑了，"就像卡斯比埃罗夫人所说的那样，"他拥有邪恶之眼。"

邪恶之眼……眼睛……眼睛……

第二十四章 复仇女神

1

无论这天夜里出过什么恐慌,有过什么集体行动,拉斐尔先生都一概不知。

在被人抓住肩膀猛烈摇晃的时候,他在床上熟睡正酣,鼻孔中还发出轻微的鼾声。

"哎——怎么——活见鬼,到底什么事儿啊?"

"是我,"马普尔小姐说道,这次她也顾不上礼貌了,"虽然我应该更有说服力一些。我记得希腊人对此专门有个词。要是没记错的话,应该是复仇女神。"

拉斐尔先生尽其所能地从枕头上爬了起来。他盯着她。马普尔小姐站在月光之下,头上围着一条蓬松的淡粉色羊毛围巾,怎么看都不像是人们可能会想象出的复仇女神的样子。

"这么说,你是复仇女神,对吗?"拉斐尔先生愣了一会儿,说道。

"我希望是,在您的帮助之下。"

"你能不能明明白白地告诉我,这大半夜的你究竟要跟我说些什么。"

"我认为咱们必须得快点儿行动了。要赶快。我一直都在犯傻。愚蠢至极。我本应该从一开始就知道这一切到底是怎么回事。实在太简单了。"

"什么事情简单,而你又在说些什么啊?"

"您一直都睡着,错过了好多事情啊,"马普尔小姐说道,"发现了一具尸体。我们一开始以为那是莫利·肯德尔的尸体。结果不是,是勒基·戴森。在小溪里淹死了。"

"啊,勒基?"拉斐尔先生说,"还是淹死的?在小溪里。她是自己投水的还是别人把她淹死的啊?"

"有人把她淹死了。"马普尔小姐说。

"我懂了。至少我认为我懂了。这就是你为什么会说这件事情实在太简单了,对吧?格瑞格·戴森总是嫌疑最大的人,而实际上也确实就是他。是这样吗?这就是你心里的想法吧?而你害怕的是他可能会逍遥法外。"

马普尔小姐深吸了一口气。

"拉斐尔先生,您信任我吗?我们必须得去阻止一桩正在发生的谋杀案。"

"我以为你刚才说过谋杀已经发生了啊。"

"那桩谋杀杀错人了。而另一桩谋杀从现在开始随时有可能发生。刻不容缓。我们必须阻止,我们必须马上动身。"

"你这么说没什么问题,"拉斐尔先生说,"可你说的是我们?你觉得我能做什么呢?没人帮忙的话我寸步难行。就凭你和我又怎么去阻止一桩谋杀呢?你都快一百岁了,而我这把老骨头也已经快散架了。"

"我在想杰克森,"马普尔小姐说道,"只要是您吩咐的,杰克森就会去做,对不对?"

"他确实会，"拉斐尔先生说，"特别是我要再加上一句有赏的话。这就是你想要的？"

"没错。告诉他跟我走，再告诉他要服从我的任何命令。"

拉斐尔先生盯着她看了差不多六秒钟。然后他说道：

"说定了。我估计我得豁出去这条老命了。好吧，反正也不是头一回了。"他提高了嗓门，"杰克森。"与此同时他抄起了放在手边的电铃，按下了按钮。

不到三十秒钟的时间，杰克森就从通往隔壁房间的门里出现了。

"您叫我并按了铃吗，先生？出什么事儿了吗？"他瞪着马普尔小姐，突然住了口。

"听着，杰克森，照我说的去做。你跟着这位女士，马普尔小姐。她带你去哪儿你就去哪儿，她让你干什么你就干什么。你要服从她的所有命令。听明白了吗？"

"我——"

"听明白了吗？"

"明白，先生。"

"就这么干，"拉斐尔先生说，"你亏不着。我会给你酬劳的。"

"谢谢您，先生。"

"来吧，杰克森先生。"马普尔小姐说。接着她又转回头来对拉斐尔先生说道："我们会告诉沃尔特斯太太到您这儿来的。让她帮您起床，带您一起过来。"

"带我去哪儿啊？"

"去肯德尔夫妇的小屋，"马普尔小姐说，"我想莫利会回到那儿去的。"

2

莫利从海边沿着小路一路走来。她的眼睛死死盯着前方，偶尔还会发出一声低声的呜咽……

她走上凉廊的台阶，停顿了一下之后她推开落地窗，走进了卧室。卧室的灯亮着，但屋里空无一人。莫利径直走到床前坐了下来。她在那儿坐了几分钟，时不时地用手拂过额头，双眉紧蹙。

接着，她偷偷地迅速朝四周看了一眼，把手滑到了床垫下面，拿出了藏在那里的那本书。她俯下身来，翻着书页找她想看的内容。

这时从外面传来了奔跑的脚步声，她抬起了头。然后她就像做错事似的赶紧把书推到了身后。

蒂姆·肯德尔上气不接下气地跑进屋来，一看到她便如释重负般地松了口气。

"谢天谢地。你刚才上哪儿去了，莫利？我一直在到处找你。"

"我去小溪那儿了。"

"你去——"他话没说完。

"是的。我去小溪那儿了。但我不能在那儿待着。我不能。有个人在水里头——而且她死了。"

"你是说——你知道吗，我以为那是你。我刚刚才搞清楚那是勒基。"

"我没有杀她。真的，蒂姆，我没有杀她。我确定我没有。我是说——假如是我干的，我会记得，对不对？"

蒂姆缓缓地跌坐在床尾。

"你没有——你确定你——？不。没有，你当然没有！"这句话他简直就是喊出来的，"不要那么去想，莫利。勒基是投水自尽的。她当然是自己淹死的。希灵登跟她结束了。于是她躺进了水里——"

"勒基不会那么做的。她永远都不会那么做。但我没杀她。我发誓我没有。"

"亲爱的,你当然没有!"他伸出胳膊想去抱她,但她躲开了。

"我恨这个地方。这里本应该是洒满阳光的。这里看上去就是阳光遍地。但其实并不是。这里有一片阴影——一片巨大的黑色阴影……我就身处其中,而且还无法逃脱——"

她的嗓门越来越高,仿佛是在喊叫。

"嘘,小点儿声,莫利。看在上帝的分上,小点儿声吧!"他走进卫生间,回来的时候拿着一个玻璃杯。

"听我说。把这个喝了。这会让你的情绪稳定下来的。"

"我……我什么都喝不了。我的牙齿都在打战呢。"

"不,你能喝下去,亲爱的。来,坐到床上来。"他用胳膊搂住她,把杯子凑近她的嘴唇,"你看这不就好啦。把它喝了吧。"

一个说话声从窗户那儿传来。

"杰克森,"马普尔小姐清清楚楚地说道,"过去。从他手里把杯子拿过来,拿稳当了。要小心。他挺强壮的,而且他可能已经孤注一掷了。"

说起杰克森这个人,他还是有些特点。他爱财如命,而他那个有权有势的雇主已经答应要给他钱。他同样也是个肌肉极其发达的人,训练使得他愈发强悍。他做事情不问为什么,只会去做。

他疾如闪电地穿过房间,一只手伸向蒂姆拿着正往莫利嘴边送的杯子,另一只胳膊紧紧地锁住了蒂姆。他手腕迅速一抖便把玻璃杯拿在了手中。蒂姆暴怒地冲他转过身来,但杰克森依然牢牢地抓着他。

"真该死——放开我。你放开我。你疯了吗?你到底要干什么?"

蒂姆猛烈地挣扎着。

"抓住他，杰克森。"马普尔小姐说。

"发生什么事儿了？这儿出什么乱子了？"

在埃丝特·沃尔特斯的搀扶之下，拉斐尔先生从落地窗外走了进来。

"您问出什么乱子了？"蒂姆吼道，"您的人疯了，彻头彻尾疯了，就是这么回事。跟他说放开我。"

"不。"马普尔小姐说。

拉斐尔先生转向她。

"说吧，复仇女神，"他说，"我们得好好听听来龙去脉。"

"我一直都在犯傻，就像个傻瓜似的，"马普尔小姐说道，"不过我现在不犯傻了。要是把他刚才试图让他妻子喝下去的那个杯子里的东西拿去分析一下的话，我敢打赌——没错，我敢用我不朽的灵魂打赌，您会发现杯子里是致死剂量的麻醉药品。您看，相同的模式，和帕尔格雷夫少校故事里的模式一样。一个情绪低落的妻子，她想要自杀，丈夫及时出手相救。而接下来第二次她就成功了。没错，就是这种模式。帕尔格雷夫少校给我讲了那个故事，并且拿出了那张快照，然后他抬眼一看……"

"越过你的右肩膀——"拉斐尔先生接口道。

"不，"马普尔小姐摇着头说道，"他越过我的右肩膀看过去什么也没看到。"

"你在说什么啊？你告诉我……"

"我告诉您错了。我完完全全搞错了。我简直愚蠢得难以置信。帕尔格雷夫少校表面上看起来是越过我的右肩膀看过去的，事实上，就好像在对什么东西怒目而视——但是他不可能看见任何东西，因为用的是他的左眼,而他的左眼是一只玻璃假眼。"

"我想起来了——他是有一只玻璃假眼,"拉斐尔先生说,"我把这件事给忘了——要么就是想当然。你是说他什么都看不见?"

"他当然能看见,"马普尔小姐说道,"他还能看得挺清楚,只不过他只能用一只眼睛看。他能够看见东西的那只眼睛是右眼。所以说,您看,他当时看的肯定不是我右边的什么东西或者什么人,而是我左边的。"

"那当时你左边有什么人吗?"

"有,"马普尔小姐说道,"蒂姆·肯德尔和他妻子就坐在不远的地方,坐在一张桌子边上,桌子旁边恰好有一大丛木槿。他们在那儿算账。所以您看,少校抬头一看,他的玻璃左眼越过我的肩膀好像在怒目而视,但他其实用另一只眼睛看见的是一个坐在木槿丛旁边的男人,那张脸和快照上的脸一模一样,只是稍微老了一些,而且快照上也是在木槿丛旁边。蒂姆·肯德尔听见了少校所讲的故事,而且他也看到少校认出了他。所以当然啦,他必须要杀死他。后来,他又不得不杀了那个叫维多利亚的姑娘,因为她看见他把一瓶药放到了少校的房间里。一开始她没怎么当回事,当然那是因为在大多数情况下蒂姆·肯德尔进出客人的小屋是很自然的事情。他也许只是把客人落在餐桌上的东西物归原主。可是她又回想了一下这件事,接着就跑去问他问题,于是他不得不把她除掉。不过现在这桩才是真正的谋杀,他一直以来酝酿的谋杀。您也知道,他就是那个杀妻者。"

"全是他妈的胡说八道,全是——"蒂姆·肯德尔嚷嚷道。

接着突然有人大叫了一声,那是一声狂暴愤怒的叫喊。埃丝特·沃尔特斯甩开了拉斐尔先生,几乎让他摔倒在地,她冲过房间,徒劳地想要拉开杰克森。

"放开他——放开他。这不是真的。一个字都不是真的。蒂姆——蒂姆亲爱的,这不是真的。你从来都不会杀任何人,我知道你不可能。我知道你不会。都怪你娶的那个招人讨厌的女人。她一直在造你的谣。那些都不是真的。那些话里没有一句是真的。我相信你。我爱你,信任你。别人说的话我一个字儿都不会相信。我要——"

随后蒂姆·肯德尔再也控制不住自己。

"看在上帝的分上,你这个该死的婊子,"他说,"你闭上嘴,行不行?你想让我上绞刑架吗?我告诉你,闭嘴。闭上你那张丑陋的大嘴。"

"可怜的蠢货。"拉斐尔先生柔声说道,"原来是这么回事儿啊,是吗?"

第二十五章　马普尔小姐运用想象力

"原来是这么回事儿啊?"拉斐尔先生说。

他跟马普尔小姐坐在一起,一副神神秘秘的样子。

"她和蒂姆·肯德尔一直都有一腿,是吗?"

"依我看,很难算是有一腿,"马普尔小姐一本正经地说道,"我觉得那算是一种浪漫的依附吧,而且还想着将来要结婚。"

"什么——等他老婆死了以后吗?"

"我认为可怜的埃丝特·沃尔特斯并不知道莫利就要死了,"马普尔小姐说,"我只是觉得她相信了蒂姆·肯德尔给她讲的故事,说莫利一直都爱着另一个男人,而那个男人跟着她来到了这里,我认为她指望蒂姆能够离婚。我想那样一来整件事情就名正言顺了。不过她确实深爱着他。"

"嗯,这也很容易理解。他是个挺招人喜欢的家伙。可又是出于什么原因让他去招惹她呢——这点你也知道吗?"

"您知道,不是吗?"马普尔小姐说。

"我敢说我已经有了一个相当合理的想法,不过我不知道你是怎么知道的。而且就目前来说,我也不明白蒂姆·肯德尔怎么会知道这一点。"

"嗯，我真觉得靠点儿想象我就可以把所有事情都解释清楚，不过您要是愿意告诉我那就更简单了。"

"我不打算告诉你，"拉斐尔先生说，"既然你这么聪明，还是你告诉我吧。"

"好吧，对我来说这是有可能的，"马普尔小姐说道，"鉴于我已经暗示过您，您那个杰克森有时不时就偷看您的各种文件的习惯。"

"太有可能了，"拉斐尔先生说，"不过我应该没说过那里面有什么东西能对他有好处。我挺留意这方面的。"

"我猜，"马普尔小姐说，"他读了您的遗嘱。"

"噢，我明白了。没错，没错，我是带着一份遗嘱的副本。"

"您告诉过我，"马普尔小姐说道，"您跟我说——(就像大胖蛋① 说话一样——嗓门又大又清楚)您在遗嘱里没有给埃丝特·沃尔特斯留下任何东西。您让这个事实牢牢印在了她的心里，同样也印在了杰克森的心里。要我猜的话，就杰克森而言这是真的。您没有给他留下任何东西，但是您给埃丝特·沃尔特斯留了钱，尽管这件事您没打算对她漏一点口风。我说得对吗？"

"没错，说得太对了，但我不知道你是怎么知道的呢？"

"唔，是因为您坚持强调那一点的方式，"马普尔小姐说，"对于人们说谎的方式我还算有些经验。"

"我服了，"拉斐尔先生说，"好吧。我给埃丝特留了五万英镑。等我死了之后这对她来说会是个意外的惊喜。我猜，知道这件事之后，蒂姆·肯德尔就决定用足够剂量的某种药物把他老婆干掉，然后跟五万英镑以及埃丝特·沃尔特斯结婚。很有可能还会迅速地把她也解

---

① 《鹅妈妈童谣》中的人物，在英语俚语中也指矮胖的人。

决掉。不过他又是怎么得知她将会得到五万英镑的呢？"

"当然是杰克森告诉他的呗，"马普尔小姐说，"那两人的关系非常亲密。蒂姆·肯德尔对杰克森很好，而且我相信这里面也没有什么别有用心的动机。不过我觉得杰克森在闲聊的时候曾经无意间告诉过他，说埃丝特·沃尔特斯将会继承一大笔钱，这一点连她本人都蒙在鼓里，而他也许还说过他自己希望能够劝说埃丝特·沃尔特斯嫁给他，尽管到目前为止他始终都没能获得她的青睐。没错，我认为这就是事情的经过。"

"你想象出来的事情听起来总是跟真的一样啊。"拉斐尔先生说。

"可我还是很蠢，"马普尔小姐说道，"极其愚钝。您看，所有事情其实都是丝丝入扣的。蒂姆·肯德尔不但是个极其聪明的人，同时也非常邪恶。他尤其擅长散布谣言。我猜我到这儿来以后听说的事情，有一半最初都是从他嘴里说出来的。关于莫利曾经想要嫁给一个不怎么讨人喜欢的年轻人的传闻到处都能听到，但我倒觉得那个不讨人喜欢的年轻人其实就是蒂姆·肯德尔本人，尽管他当时并不叫这个名字。她的家人听说了些什么，或许是他的背景有点儿不清不楚。于是他就上演了那么一出义愤填膺的戏码，拒绝让莫利带他去给她的家人'相看'，随后他又跟她一起酝酿了一个让他们两个人都觉得很好玩的计划。她假装很生气，又对他很渴望。紧接着就冒出来一个蒂姆·肯德尔先生，他对于莫利家各路老朋友的名号都了如指掌，而因为觉得他是那种能够把前面那个不良青年从莫利的脑子里赶出去的人，他们便对他表示了热情的欢迎。估计莫利和他后来肯定没少为这件事笑得合不拢嘴。不管怎么说，他娶了她，用她的钱从经营者手中买下了这块地，然后搬到了这里。依我的想象，他很能挥霍她的钱。随后他便遇到了埃丝特·沃尔特斯，由此看到了能够获得更多钱财的美好前景。"

"那他干吗不把我杀了呢?"拉斐尔先生说。

马普尔小姐咳嗽了几声。

"我估计他想要先完全搞定沃尔特斯太太。再说——我的意思是……"她停了下来,看上去有些狼狈。

"再说,他也意识到他用不着等很长时间,"拉斐尔先生说道,"很显然,让我自然死亡更有好处。我本身那么有钱。百万富翁要是死了,可不像只是死个老婆那么简单,检查起来都会格外认真仔细,不是吗?"

"是啊,您说得很对。他撒的谎可着实不少,"马普尔小姐说,"瞧瞧那些他让莫利自己都相信的谎话吧——还在她唾手可得的地方放上一本关于精神失常的书。给她用一些能够让她做梦以及产生幻觉的药物。您知道吗,您的杰克森在这方面可是相当聪明。我认为他已经意识到莫利的某些症状是药物作用的结果。于是那天他就溜进了那栋小屋,想在卫生间里转悠几圈。他检查了那罐面霜。他很可能从关于女巫往自己身上涂抹含有颠茄的药膏这样的古老传说中获得了某种灵感。混在面霜里面的颠茄也有可能造成那种结果。莫利偶尔会断片。很多次她都说不清楚自己所做的事情,还梦见自己在天空中飞翔。也难怪她被自己给吓坏了。她具有精神疾病的所有征象,杰克森的思路是正确的。或许他是从帕尔格雷夫少校讲的关于印度妇女使用曼陀罗给她们的丈夫下药的故事里领会到了这一点。"

"帕尔格雷夫少校!"拉斐尔先生说,"那个家伙,可真够呛!"

"他给他自己,"马普尔小姐说道,"还有那个叫维多利亚的可怜姑娘都惹来了杀身之祸,他还险些让对莫利的谋杀也变成现实。但是他却认出了一个杀人凶手。"

"是什么让你突然间想起了他的那只玻璃假眼呢?"拉斐尔先生好

奇地问道。

"是卡斯比埃罗夫人说过的几句话。她在那里信口胡说,说什么他很丑陋,说他拥有邪恶之眼;我说那只不过是一只玻璃假眼,他对此也无能为力啊,可怜的人,而她则说他两只眼睛看的方向都不一样,是斗鸡眼——当然了,实际上也是那样。她还说邪恶之眼会带来厄运。我知道——我很清楚那天我曾经听到过某件很重要的事情。昨天夜里,就在勒基死后,我突然想起来那是什么了!紧接着我就意识到已经刻不容缓……"

"那蒂姆·肯德尔又是怎么杀错人的呢?"

"纯属偶然吧。我认为他的计划是这样的:先是让所有人都相信——这其中也包括莫利自己——她精神不太正常,然后在让她吃下相当大剂量的药之后,他告诉她他们就要把所有这些谋杀谜团弄个水落石出了。不过她必须得帮助他。等大家都睡着后,他们要分头行动,到小溪边约定的地点会合。

"他说他对于凶手是谁已经胸有成竹,而他们要设个圈套抓住他。莫利很听话地就出发了——但是她因为吃过药的缘故,脑子有点儿稀里糊涂,这使得她的速度慢了下来。蒂姆先到了那儿,看见一个他以为是莫利的人。一头金发,浅绿色的披肩。他从她身后走过去,用手捂住她的嘴,用力把她按倒在水里,直到她淹死。"

"好家伙!但是难道给她服下过量的麻醉药,不是更简单吗?"

"那当然简单多了。只是那样有可能会引起怀疑。别忘了,所有莫利可能够得着的麻醉药物和镇静药物都已经被非常小心地拿开。如果她手里又有了新的,还有谁会比她丈夫更可能拿给她呢?可假如她是在她那无辜的丈夫睡觉的时候,一时绝望之下跑出去投水自尽的,整件事情就将成为一出带有浪漫色彩的悲剧,谁也不可能会提出她是被人故意淹死的。而且,"马普尔小姐又补充道,"杀人凶手总觉得把事情干得简单利落很难。他们都免不了要费尽心机。"

"看来你对于跟杀人凶手有关的事情无所不知啊!所以你认为蒂姆并不知道他杀错人了?"

马普尔小姐摇了摇头。

"他甚至连她的脸都没看一眼,只想着赶快离开,耗过一个小时,然后开始组织人去搜寻她,自己则扮演好一个心烦意乱的丈夫的角色。"

"可是真见鬼,勒基大半夜跑到小溪边去干什么?"

马普尔小姐有几分尴尬地轻咳了一声。

"我觉得,她有可能是在……呃……等着见什么人。"

"爱德华·希灵登?"

"哦不,"马普尔小姐说,"那都已经过去了,我怀疑她会不会——只是说有可能——是在等杰克森呢。"

"等杰克森?"

"我有那么一两次留意过——她看他时的眼神。"马普尔小姐小声嘟囔着把目光移开了。

拉斐尔先生吹了声口哨。

"我那个喜欢鬼混的杰克森啊!我相信他干得出这种事来!那蒂姆后来发现他杀错了人时肯定大吃一惊。"

"没错,一定是这样。他肯定觉得走投无路了。莫利不但活着,而且还在外面闲逛。只要她落到正经的精神病医生手里,那他精心散布出去的关于她精神状态的说法立刻就会不攻自破。而一旦她把那件该死的事情说出来,说他曾经让她在小溪边会面的话,蒂姆·肯德尔还能怎么办呢?他只有一线希望了——尽快结果莫利的性命。那样,大家就很有可能会相信是莫利在躁狂发作的情况下淹死了勒基,而之后她会被自己的所作所为吓坏,于是选择了自杀。"

"也就是在那个时候,"拉斐尔先生说,"你决定要扮演一下复仇女神,是吗?"

他突然向后靠去,放声大笑起来。"真是太搞笑了,"他说,"你要是知道你那天晚上脑袋上围着那条蓬松的粉色羊毛围巾,站在那儿说你是复仇女神时是什么样子的话就明白了!我是永远都不会忘记的!"

尾声

这一刻终于来到了,马普尔小姐在机场等飞机。有很多人来为她送行。希灵登夫妇已经离开了。格雷戈里·戴森则飞往了另一个小岛,有传言说他正在全力追求一个阿根廷寡妇。卡斯比埃罗夫人也已经返回了南美。

莫利来给马普尔小姐送行。她面色苍白,身形消瘦,但是已经从得知真相以后的震惊中勇敢地挺过来,拉斐尔先生打电报为她从英国请来一位帮手,她要继续经营这家酒店。

"忙一点儿对你有好处,"拉斐尔先生曾对她说,"让你没工夫去胡思乱想。这家酒店可真不错。"

"您不觉得谋杀——"

"只要水落石出,人们还是挺喜欢谋杀案的。"拉斐尔先生安慰她说,"接着干下去吧,姑娘,振作起来。别因为你遇上了一个坏蛋就怀疑所有男人。"

"您这话听上去就像马普尔小姐说的,"莫利说,"她总是告诉我,有一天我的白马王子会出现的。"

拉斐尔先生对此咧嘴一笑。这时,莫利来了,普雷斯科特兄妹和拉斐尔先生也来了,当然,还有埃丝特——她看上去更苍老也更伤感了,连拉斐尔先生都对她出乎意料的和蔼亲切。杰克森也特别会献殷勤,假装照看着马普尔小姐的行李。他这些天来一直都是笑容满面,唯恐别人不知道他有钱了似的。

天空中响起了一阵嗡嗡声。飞机即将降落。这里的手续多少有点儿不那么正规。没有"请到八号通道(或者九号通道)登机"的通知。你只要从覆满鲜花的小帐篷走出去,直接走到停机坪那儿即可。

"再见,亲爱的马普尔小姐。"莫利亲吻了她。

"再见。一定要来看我们啊。"普雷斯科特小姐亲切地握着她的手说道。

"认识您真的非常高兴,"教士说,"我和我妹妹一样对您发出诚挚邀请。"

"祝您一切顺利,女士,"杰克森说,"别忘了,任何时候您需要免费按摩的话,给我来个信,咱们就可以约时间。"

只有埃丝特·沃尔特斯在该道别的时候稍稍把脸转了过去。马普尔小姐也没有强人所难。最后轮到拉斐尔先生。他握住了她的手。

"万岁,凯撒,我们这些将死之人向您致敬①。"他说。

"恐怕,"马普尔小姐说,"我不是很懂拉丁文。"

"但这句话你明白?"

"明白。"她没再多说。对于他想要告诉她的话,她非常清楚。

"能认识您真是莫大的荣幸。"她说。

随后她穿过停机坪,走上了飞机。

---

① 原文为拉丁语。

A Caribbean Mystery
Copyright © 1964 Agatha Christie Limited. All rights reserved.
© 2013 Letter for Chinese Reader, New Star Edition by Mathew Prichard.
www.agathachristie.com
The Miss Marple icon is a trademark, and AGATHA CHRISTIE, MISS MARPLE,
Agatha Christie® and the AC Monogram Logo are registered trade marks of Agatha
Christie Limited in the UK and elsewhere. All rights reserved.
Published by agreement with ACL.
Simplified Chinese edition copyright: 2023 New Star Press Co., Ltd.

图书在版编目（CIP）数据

加勒比海之谜／（英）阿加莎·克里斯蒂著；周力译. ——北京：新星出版社，2018.3
（2023.1 重印）

ISBN 978−7−5133−2993−4

Ⅰ.①加… Ⅱ.①阿… ②周… Ⅲ.①长篇小说−英国−现代 Ⅳ.①I561.45

中国版本图书馆 CIP 数据核字（2018）第 027018 号

午夜文库
谢刚 主持

加勒比海之谜

［英］阿加莎·克里斯蒂 著；周力 译

统筹编辑：王　欢
责任编辑：曹晓雅
责任印制：李珊珊
封面插图：宣　和
装帧设计：周伟伟

出版发行：新星出版社
出 版 人：马汝军
社　　址：北京市西城区车公庄大街丙3号楼　　100044
网　　址：www.newstarpress.com
电　　话：010-88310888
传　　真：010-65270449
法律顾问：北京市岳成律师事务所

读者服务：010-88310811　　service@newstarpress.com
邮购地址：北京市西城区车公庄大街丙 3 号楼　　100044

印　　刷：北京天恒嘉业印刷有限公司
开　　本：910mm×1230mm　　1/32
印　　张：9.25
字　　数：111千字
版　　次：2018年3月第一版　　2023年1月第六次印刷
书　　号：ISBN 978-7-5133-2993-4
定　　价：42.00元

版权专有，侵权必究；如有质量问题，请与印刷厂联系调换。